John Reed
Jahrmarkt der Tiere

John Reed

Jahrmarkt der Tiere

Roman

Aus dem Amerikanischen
von Olaf Irlenkäuser

Rotbuch Verlag

Bibliografische Information Der Deutschen Bibliothek

Die Deutsche Bibliothek verzeichnet diese Publikation in der Deutschen Nationalbibliografie; detaillierte bibliografische Daten sind im Internet über http://dnb.ddb.de abrufbar

Originaltitel: »Snowballs Chance«
zuerst erschienen bei Roof Books, New York 2002

Umschlaggestaltung: projekt ® | Barbara Hanke
unter Verwendung einer Fotografie von © Hans Reinhard | Okapia
Herstellung: Das Herstellungsbüro, Hamburg
Druck: Freiburger Graphische Betriebe
Printed in Germany

ISBN 3-434-53130-0

Informationen zu unserem Verlagsprogramm finden Sie im Internet unter www.rotbuch.de

Erstes Kapitel

Die alten Schweine starben. Zuerst starb Dominicus, ein Funktionär aus der zweiten Garde, der sein Leben dem Auswerten und graphischen Darstellen von Datenmaterial gewidmet hatte. Er trug immer eine Brille mit einem dicken schwarzen Rand und sang gerne Opernarien, wenn er an seinem Schreibtisch arbeitete – wo sein Kopf an einem verregneten Nachmittag plötzlich auf eine große Platte Camembert krachte. Einmütig wurde er von den Tieren posthum zum Tierheld Erster Klasse ernannt. Das nächste Schwein, das starb, war Napoleon selbst. Der große Berkshire-Eber, der Vater aller Tiere, Retter von Gleichheit und Freiheit. Er starb gewissermaßen gemäß seinem Status – er verschied friedlich im Schlaf zwischen Decken aus ägyptischer Baumwolle (von besonders hoher Festigkeit).

Napoleon zu Ehren und in Anerkennung seiner Arbeit wurde vor dem Stall eine vier Meter hohe Statue errichtet, dort, wo früher der Schädel von Old Major gestanden hatte, für die, die sich an Old Major erinnerten – das Schwein, mit dem alles seinen Anfang genommen hatte damals, in der alten Zeit, der guten alten Zeit.

Die Statue war aus Bronze. Napoleon trug seinen schwarzen Mantel und seine Ledergamaschen. Auf den Hinterbeinen stehend zog er an seiner Pfeife und blickte zum Horizont. Hinter dem Denkmal war in weißen Buchstaben das Einzige Gebot auf die Stallwand geschrieben – *Fast alle Tiere sind gleich.* Links vom Gebot stand in der gleichen Schrift das Gedicht über den *Gründervater Napoleon*. Das Gedicht, dem gefallenen Führer gewidmet, war von Minimus verfasst worden, der als ein Schwein mit großer poetischer Seele bekannt war.

Napoleon bringt uns das Lesen bei,
Napoleon gibt uns Gras und Heu.
Napoleon zeigt uns, dass Gräser gedeihen,
Wenn Schweine den Weg zeigen.

Die Schweine wissen und können alles,
Aber sie helfen auch, wo sie können.
Die Tiere auf der Herren-Farm
Sind die Klügsten – verdammt noch mal!

Also gebt uns ein Muh und ein Wau und ein Quaak!
Gebt uns ein Oink und ein Miau und ein I-aah!
Gebt uns ein Piep und ein Möőh und ein Määh!
Auf unserer Farm gibt es kein Schmäh!

Gebt uns alles, was ihr habt!
Napoleon, du Klügster Deiner Art!
Napoleon, führ uns auf unserem Weg!
Napoleon, führ du uns ins Paradies!

Damit die Tiere der Errungenschaften des großen Führers täglich gedenken konnten, wurde das Porträt Napoleons, das über dem Gedicht hing, überarbeitet. Sechs Tauben gaben dem Bild mit einer gehörigen Portion weißer Farbe eine neue Schärfe – unter Anweisung der Schweine hatten die Tauben einen Kursus in Porträtmalerei absolviert.

Im darauf folgenden Jahr gaben noch ein paar Schweine aus der alten Zeit für immer ihren Ringelschwanz ab. Eines ertrank in der Badewanne (natürlich nicht aus eigener Schuld), weil es nicht mehr rauskam. Ein anderes Schwein wurde Opfer einer geschwollenen Leber – als es seinen letzten Becher Whiskey trank, trat es leise seine letzte Reise an. Und noch ein anderes Schwein starb am geduldigen Mörder Krebs – glücklicherweise hatte es schon seit geraumer Zeit Napoleons Gewohnheit übernommen, jeden Tag ein paar Stunden an einer guten Pfeife zu nuckeln, und diese Gewohnheit gab ihm in den schweren Stunden den nötigen Trost. Sie alle waren Helden der Revolution gewesen, und natürlich wurden sie zu Tierhelden Erster Klasse ernannt.

Die jüngeren Schweine nahmen die Plätze der Helden ein. Es schien, als seien sie eine zurückhaltende Generation – mit mehr Distanz zu den Dingen und irgendwie gelassener. Sie wurden durch das älteste Schwein, Schwatzwutz, angeführt, der jahrelang Napoleons Chefberater gewesen war. Er war ein Schwein, das seinen Schwanz und seine Zunge überzeugend einsetzen konnte – so überzeugend, dass er wahrscheinlich sogar sich selbst überzeugt hatte, ein Schwein des Volkes zu sein. Obwohl er jahrelang gesagt hatte, dass die Rationen größer würden, schienen jetzt zum ersten Mal, seit sich die Tiere erinnern konnten (abgesehen von den Schweinen, die immer überzeugt waren, dass die Verhältnisse besser geworden waren), die Futtertüten tatsächlich etwas runder zu sein – und zwar merkbar. Als Schwatzwutz starb, war er so fett geworden, dass er durch sein eigenes Gesicht blind geworden war. Als Todesursache wurde offiziell Überarbeitung bekannt gegeben.

Zum ersten Mal (jedenfalls zum ersten Mal, dass sich jemand daran erinnern konnte) wurde nach Schwatzwutz' Tod bei einer öffentlichen Proklamation ein Murren laut, wurde sogar gespottet. Während der posthumen Ehrenbezeugung (natürlich Tierheld Erster Klasse) gab es sogar Blöken und Wiehern. Schwatzwutz war während seiner Herrschaft nicht grausam gewesen, aber ein Schwein, das an seinen letzten Tagen in einer Schubkarre herumgefahren wurde, weil es sein Gewicht auf seinen vier Beinen nicht mehr tragen konnte, war sicher kein Schwein, das, wie offiziell erklärt wurde, »an lebenslanger harter Arbeit« gestorben war. Und es hätte schon der Redekunst Schwatzwutz' selbst bedurft, um zu erklären, dass der Anblick eines Schweins, das in einem Klavierkasten beerdigt wurde, nicht komisch war.

Das Letzte der alten Schweine, die an die Herrschaft kamen, war Minimus. Wie auch die anderen vor ihm, hielt man ihn für einen der Helden der Großen Rebellion. (Und dennoch war seine Karriere für einige der Tiere eine Überraschung, denn außer, dass er ein paar Gedichte verfasst hatte, war er bisher nicht als überaus aktives Schwein hervorgetreten.) Obwohl er noch kräftig war, war Minimus schon in ziemlich fortgeschrittenem Alter – und um Turbulenzen im Zusammenhang mit seiner Nachfolge zu begegnen, wurde Rosaauge, das kräftigste und zufällig auch das beliebteste Schwein der jüngeren Generation, auf einen neu geschaffenen Posten berufen: Nächster Führer.

Und so küsste Rosaauge Entlein und Lämmer, während Minimus die Farm regierte. Minimus war ein leiser Führer, und er wurde respektiert. Die Hunde waren ihm loyal ergeben, und auch die anderen Schweine hielten zu ihm, wie es immer gewesen war. Und doch war es eine andere Ruhe als früher, eine Ruhe, die, vielleicht, eine bessere Zukunft versprach, oder aber, vielleicht auch, das tiefe Dunkel ankündigte, das die Tiere erwartete.

Eines Nachts – es war eine ganz normale Nacht in einem

ganz normalen Mai – gab es eine außergewöhnliche Unruhe in den Ställen. Der Mond hing niedrig über dem Horizont, als eine Gestalt an den Toren erschien. Es war eine seltsame Gestalt, ungewöhnlich mit ihrem dunklen Anzug mit gebügelten Hosen und einem weißen Hemdkragen. Das Tier (war es überhaupt ein Tier?) ging auf zwei Beinen, trug Schuhe und einen Hut mit Krempe und hatte einen Aktenkoffer unter dem Arm. Einige Schritte hinter ihm ging eine Ziege, ähnlich ausgestattet. (War es eine Ziege? Ja, es war eine Ziege. Bestimmt eine intellektuelle Ziege.)

Der Wachhund am äußeren Gatter bellte die beiden Fremden wild an – die Tiere im Stall beachteten das Bellen nicht, weil sie dem Hund nicht viel Verstand zutrauten, denn die Hunde am äußeren Gatter waren zwar wild und wachsam, man wusste aber auch, dass sie mitunter den Mond anheulten und sogar bei Silberfischchen anschlugen. Eine der Kühe, die sich ohne Zweifel durch die Anonymität der dunklen Nacht in Sicherheit wähnte, schrie ihren Ärger darüber, wieder einmal so rücksichtslos geweckt worden zu sein, laut heraus:

»Halt's Maul!«

In Wirklichkeit jedoch war die Szene, die am äußeren Gatter stattfand, ganz und gar nicht so gewöhnlich, wie die Kuh dachte. Denn der Grund für die Unruhe des Schäferhunds war ein Fremder und kein Silberfischchen, und die Kuh wäre überrascht gewesen, wenn sie gesehen hätte, wie sich der Hund nach ein paar Worten des Fremden zunächst auf die Vorderbeine ablegte und dann auf dem Bauch rückwärts kroch. Er hatte das Maul geschlossen, die Augen weit geöffnet und hatte seinen Schwanz zwischen seine Hinterbeine geklemmt, als das Paar mit seinen Aktentaschen vornehm als elegante Silhouetten vor dem Indigo-Himmel das äußere Gatter ohne weitere Diskussion durchschritt.

Norma die Katze war das einzige Tier, das, von ihrem Platz im Heuschober aus, durch die Ritzen im Holz Zeuge dieses Vorfalls wurde. Norma war wie die meisten Katzen mehr daran interessiert, eine Katze zu sein, als daran, ein vollwertiges Mitglied der Herren-Farm zu sein. Dennoch war sie ein äußerst sympathisches Geschöpf – immer zum Spielen aufgelegt. Und ausgenommen die Zeiten, wenn sie faul im Schatten lag, während die anderen Tiere sich in der Sonne abquälten, wurde sie von den anderen Tieren doch meistens geschätzt.

»Pssssst!«, zischte sie am defekten Stallfenster und hatte ihre Krallen ausgefahren und die Haare aufgestellt.

Dieses Verhalten hatte, wie zu erwarten war, die Ratten aufgeweckt, die sich bemühten, mit Norma auf gutem Fuß zu stehen. Als sie sahen, dass Norma nicht mehr in der Nähe ihres Lagers war (es gab Nächte, in denen die Katze, übermäßig leutselig, eine der ihren zu ihrem unglücklichen Liebling erwählte, um mit ihm bis zum Tode zu spielen), eilten die Ratten den Lichtstrahl entlang, um selbst nach dem Grund für die Unruhe zu sehen.

Was die Ratten sahen, waren die zwei Figuren – eine Ziege und, jetzt konnten sie es erkennen, ein Schwein –, die über das Feld auf den Stall zukamen.

Auch die Schafe standen auf, sahen die Ankommenden an. Nervös scharrten sie in ihren Boxen herum: »Oh, oh«, fürchteten sie sich, »müssen wir uns Sorgen machen?«

Dadurch wurde auch der alte Esel Benjamin geweckt. Benjamin war das älteste Tier auf der Farm (so alt wie die Vergangenheit selbst, sagten einige der Gänse). Er setzte sein viertes Bein auf den Boden – denn Esel schlafen auf drei Beinen – und drehte sich zu der Seite des Stalls, wo eine Latte fehlte. Seine Augen blickten zynisch und bitter wie immer.

Man erzählte sich auf der Farm, dass Benjamin vor langer

Zeit einmal eine Enttäuschung erlebt hatte, vielleicht einen Freund oder auch zwei verloren hatte. Und aus diesem Grund war er immer so schlecht drauf, außer wenn er von Zeit zu Zeit sagte: »Niemand von euch hat jemals gesehen, dass ein Esel stirbt, und niemand von euch wird das sehen.« Und das sagte er mit großer Ernsthaftigkeit. Und während er sprach, sah Benjamin ein Tier an, als wüsste er genau Bescheid über sein Gegenüber. Die Tiere der Farm trauten sich nicht, den Blick zu erwidern, denn alle konnten sich erinnern, wie Benjamin sie angesehen hatte – er erinnerte sich daran, wie sie geboren worden waren, er wusste, wie sie gerade lebten, und er wusste auch, wann sie sterben würden. Und dann wandte er sich kühl ab und sagte mit etwas weinerlicher Stimme: »Das harte Leben geht weiter«, was der andere Satz war, den er von Zeit zu Zeit sprach.

Aber in dieser Nacht, als Benjamin den Kopf hob, um die beiden Gestalten da draußen zu beobachten, wie sie über das Feld gingen, huschte einen kurzen Augenblick ein Ausdruck der Freude über sein Gesicht. In diesem Gesichtsausdruck lagen Angst und ein gewisses Glühen – wie auch Hoffnung. Die anderen Tiere hatten ihre Blicke auf Benjamin gerichtet – was würde er zu den Gestalten sagen? Sogar die drei Pferde, von denen die Schafe sagten, sie seien die dümmsten Tiere auf der Farm, warteten gespannt auf Benjamins Meinung.

Die Kühe muhten: »Was ist los? Woran erinnerst du dich, Benjamin?«

Benjamin, der viele der Kühe schon lange kannte, half ihnen manchmal mit der Erinnerung etwas nach. Aber heute drehte er sich nur weg von der Stallwand und gab keine Antwort.

Die Tiere erschraken, als sie – viel näher als vom äußeren Gatter – das wütende Knurren von Hunden hörten. Ganz in der Nähe der Stalltüren hatten zwei Schäferhunde die beiden

Fremden gestellt. Das Knurren der Hunde war so entsetzlich, dass sich die Tiere erschreckt verkrochen – als ob sie sich selbst in Sicherheit bringen müssten.

Das Schwein jedoch antwortete auf die Bedrohung der Hunde mit fester Stimme: »Ich habe größere Hunde gesehen als euch. Und ich habe sie gerochen. Sie sind scharf wie Bären und Pumas. Sie würden euch zwischen ihre Kiefer nehmen und euch zu ihrem Bau tragen, wo sie euch an ihre Jungen verfüttern würden. Solche Hunde habe ich zu Hause. Und jetzt werdet ihr mir gehorchen, oder ihr werdet zu Fleisch und Knochen zermalmt werden.«

Die beiden Hunde, die eben noch so wild gewesen waren, versuchten zu bellen, hörten aber selbst erstaunt, wie nur ein paar hilflose Kläfflaute ihre Kehlen verließen.

»Platz!«, sagte das Schwein, und die beiden Hunde ließen sich nieder.

Die Kühe, die die Hunde nicht mochten, weil sie eine aggressive Bande waren, die immer unter ihre Hufe gerieten, erkannten die Autorität dieses Schweins an und befahlen der Katze: »Öffne die Stalltür.«

Norma glitt von ihrem Sitz und schob den Riegel zur Seite, bis die Türflügel aufschwangen – und das vornehm gekleidete Schwein trat über die Schwelle in das düstere Innere des durch Kerosinlampen schwach erleuchteten Stalls.

Beim Anblick des Tieres hörte man ein heiseres Krächzen von Moses dem Raben, hoch über den Dachsparren sitzend, den keines der Tiere dort vermutet hatte.

»Schneeball!«

Als die beiden Wachhunde den Namen hörten, bezwangen sie ihre Furcht und knurrten leise. Aber ein kleines Kopfdrehen des Schweines genügte, und sie hielten still. Sie zuckten zusammen und wimmerten …

»Ich bin ein kleiner Hund. So klein.«

Der Rabe krächzte wieder:

»Es ist Schneeball!«

Der Name sagte vielen Tieren nichts mehr, denn sie hatten ein zu kurzes Gedächtnis. Aber nachdem sie ungefähr eine Minute um die Wette geflüstert hatten, hatten die meisten von ihnen eine Vorstellung davon, was dieser Name bedeutete – und wer Schneeball war und was für eine Rolle er in der Geschichte der Farm gespielt hatte.

Die Kühe jedenfalls erinnerten sich ganz klar daran, dass Schneeball vor Jahren in den Stall geschlichen war, um aus den Milcheimern zu trinken, und dass er sie gemolken hatte, während sie schliefen. Auch die Hühner hatten eine verschwommene Erinnerung an Schneeball – er hatte ihre Eier zerbrochen und ihnen den Mais gestohlen. Und sogar ein paar Schafe glaubten sich zu erinnern, dass Schneeball die Windmühle zerstört hatte.

Schneeball hielt seine Hufe in die Höhe:

»Man hat euch erzählt, dass ich die Frühjahrssaat zertrampelt habe. Dass ich die Borke von den Obstbäumen geknabbert habe. Dass ich Fenster zerbrochen und Abflüsse verstopft habe. Dass ich den Schlüssel zum Speicher gestohlen und ihn in den Brunnen geworfen habe. Dass ich Unkräuter gezogen und die Samen mit denen des Gemüses vermischt habe. Dass ich mit den feindlichen Bauern von Fuchswald und Knickerwald gemeinsame Sache gemacht habe!«

Die Tiere brachen in wilden Tumult aus. Sie klapperten und schnaubten voll Zorn – ja, sie hatten gehört von Schneeball, dem Verräter. Von Schneeball, dem Schuft!

Schneeball erhob seine Stimme über den Lärm und fuhr fort:

»Ihr habt gehört, dass ich Gerüchte und Lügen verbreitet

habe. Dass ich von Anfang an ein Agent des Bösen war. Aber ich bitte euch jetzt, euch nicht daran zu erinnern, was ihr gehört habt, sondern daran, was ihr gesehen habt!«

Und während er das sagte, zog Schneeball seinen Blazer aus, seine Krawatte, seine Manschettenknöpfe und sein Hemd. Das war nicht die Brust von einem der Schweine, die die Tiere in den letzten Jahren gesehen hatten. Nur wenige konnten sich erinnern, jemals ein so schlankes und kräftiges Schwein gesehen zu haben. Wo die Schweine der Farm fett und altersschwach waren, hatte Schneeball einen Körper, den jedes Tier im Stall als seinen eigenen Körper wieder erkannte – mit den Jahren der Sorgen und harten Arbeit stählern geworden.

Der Yorkshire-Keiler drehte sich um die eigene Achse und zeigte die Narben auf seiner rosafarbenen Rückseite – Schusswunden von einer Schrotflinte. Schwere Verbrennungen zierten sein Fleisch. Und die Tiere, die sich jetzt in der Mitte des Stalls versammelt hatten, begannen, alle durcheinander zu reden. Jemand erinnerte sich daran, dass Schneeball versucht hatte, sie alle bei der Schlacht an der Windmühle zu töten. Nein, erinnerte sich ein anderes Tier, es war die Schlacht am Kuhstall – und er war damals nur für Feigheit kritisiert worden. Eine der helleren Kühe glaubte sich zu erinnern, dass es Napoleon gewesen war, der Schneeball die Wunde zugefügt hatte – und zwar mit seinen Zähnen, nicht mit der Schrotflinte.

Die Tiere richteten ihre fragenden Augen auf Benjamin, da er das einzige Geschöpf war, das sich an solche Dinge genau so erinnern konnte, wie sie geschehen waren. Aber Benjamin gab nichts preis.

»Das Leben ist immer hart«, sagte er in seiner üblichen undurchschaubaren Art.

»Ich schwöre euch«, warf Schneeball mit unsicherer Stimme ein, der man nur schwer nicht glauben konnte, »dass ich diese

Wunden erhalten habe, als ich mein Leben eingesetzt habe für die Farm der Tiere.«

Bei diesen Worten hielten die Tiere den Atem an. Niemand wagte es, diese verbotenen Worte in der Öffentlichkeit auszusprechen. Manchmal wurden sie in Gesprächen unter vier Augen oder in den leisen Gebeten der Tiere für eine weit entfernte, schimmernde Zukunft verwendet – aber nie in der Öffentlichkeit. Die Schäferhunde würden ihn todsicher verschlingen.

Aber das taten sie nicht.

Schneeball lebte.

»Es heißt Herren-Farm«, quietschte eine nervöse Ratte.

»Nein«, sagte Schneeball mit großer Entschiedenheit – »es heißt Farm der Tiere.«

Wieder herrschte totales Schweigen. Dann krächzte Moses der Rabe vom Dachsparren:

»Wo kommst du her, Schneeball? Bist du vom Kandiszucker-Berg zurückgekehrt?«

Nur wenige Tiere konnten verstehen, weshalb die Schweine das Gebrabbel dieses gewöhnlichen Raben durchgehen ließen. Moses saß immer auf irgendeinem Stubben herum, flappte mit den schwarzen Flügeln und erzählte jedem, ob er es hören wollte oder nicht, dieses uralte Märchen vom Kandiszucker-Berg – ein Land, erzählte er, gerade über den Wolken, in dem jeder Tag ein Sonntag war und der Klee immer blühte, und wo Würfelzucker und Ölkuchen an Büschen wuchsen. Immer häufiger trank er aus dem Bierfass, zu dem er offiziell, von den Schweinen genehmigt, Zugang hatte. (Seine Ration betrug ein Viertel-Pint, aber den Tieren schien, als würde er ziemlich oft seine Ration mehr als aufbrauchen.) Aber Moses war, obwohl er von den Schweinen beschützt wurde, durchaus jemand, auf den die Tiere hörten. Sein Publikum bestand in der Regel aus einigen wenigen Kandiszucker-Berg-Anhängern – meist etwas verlorene Seelen, die man besser in Ruhe ließ. Von Zeit zu Zeit hörte man Gerüchte, dass Moses aus dem einfachen Grund so gut behandelt wurde, weil er verhinderte, dass diese Verirrten größeren Schaden anrichteten.

Der großen Mehrheit der Farmtiere hatte Moses auf jeden Fall sein Kandiszucker-Berg-Märchen viel zu oft und, abgesehen von seinem Bierquantum, viel zu folgenlos erzählt.

»Wirklich?«, wiederholte Moses atemlos, »du bist also nicht vom Kandiszucker-Berg zurückgekommen?«

Moses machte diesen Einwurf in einer Art Trance. Aber die Reaktion war weit entfernt von anspornendem Zuspruch, denn der Vogel bekam lediglich einen Tritt (von einem der Ochsen), gefolgt von einem kollektiven Keifen und Buhrufen. *Es war eine Zumutung, dass Moses diese Absurdität immer noch vortragen durfte!* Sogar Schneeball brummte keine Zustimmung. Die Frage war anscheinend zu weit unter seiner Würde, als dass er darüber überhaupt nachdenken könnte.

Immer noch mit nackter Brust, hob das schlanke Schwein die Hufe so hoch es ging. »Es ist wahr, ich war weit weg.«

»Aber Schneeball«, fragte ein traurig aussehendes Lamm mit tiefbraunen Ohren, »wo bist du gewesen?«

Und Schneeball antwortete:

»Ich war auf einer gefährlichen Mission – im Dorf.«

Die Tiere verschluckten sich vor Angst. Sie ooh-ten, aah-ten.

Schneeball fuhr triumphierend fort.

»Aber – ich lebe ja noch! Ich bin zurückgekehrt zu dir, Matilda, du alte Kuh, und zu dir, Frido, du altes Schaf.« Hier unterbrach Schneeball seine Rede und blickte tief in die Augen der beiden älteren Tiere, die nicht aussahen, als hätten sie ihn jemals gesehen. »Ich habe euch so sehr vermisst, meine lieben Freunde. Und weil das Wiedersehen das Herz froher schlagen lässt, laufe ich über vor Liebe für euch alle!«

Die wohl gekleidete Ziege reichte Schneeball ein Taschentuch. Schneeball trocknete seine Augen.

»Und mit diesem Stolz in meiner Brust bringe ich euch – ein besseres Leben!«

Eines der jüngeren Lämmer wiederholte »ein besseres Leben, ein besseres Leben«, und Schneeball hätte es fast noch geschafft, das Schaf zum Schweigen zu bringen, doch da fiel ein weiteres Schaf ein, und die Versammlung wurde durch den Chor der Schafe überwältigt.

»Ich habe auf den Berggipfeln und in den Tälern gesucht.« Schneeball nickte ernst mit dem Kopf. »Und heute stelle ich euch das Ergebnis meines Suchens vor – die Weisheit des Dorfes gehört nun uns, der Farm der Tiere.« Schneeball wandte sich zur Ziege hinter sich um. Diese aristokratisch wirkende Ziege, die ihr feines silberfarbenes Haar nach hinten gekämmt hatte, verbeugte sich bis zur Hüfte ihres Nadelstreifenanzugs – einer Mischung aus Seide und Tropenwolle.

Es war genau dieser Augenblick, in dem der Schwung dieser Veranstaltung völlig verloren ging – als mit großem Flügelschlagen und Füßescharren der Rest der Farmvögel in großer Zahl in den Stall geflogen kam. Es waren die Gänse und die Enten aus dem Teich, die Hühner aus dem Hühnerstall und die Tauben aus dem Taubenschlag. Als man sich nun also erneut versammelt hatte – das gefiederte Publikum war nun deutlich angewachsen –, ging die Versammlung im Chaos unter. Die Zu-Spät-Gekommenen, die als nicht besonders intelligent verschrien waren, waren extrem schwierig zu beruhigen. Die Versammlung stand endgültig still, als Schneeball die vorhergegangenen Minuten wiederholen musste. Als er zu dem Teil mit dem besseren Leben kam, konnten die Schafe sich nicht mehr beherrschen und brachen aus in ihr Mantra »ein besseres Leben, ein besseres Leben«, was runde fünf Minuten andauerte.

Und erst als der schwarze Hahn ein lautes Kikeriki ausstieß, beruhigten sich die Shropshire-Schafe schließlich. Das Kikeriki dieses Hahns war nämlich für die Tiere aufs Engste mit Angst verbunden, denn sein Schrei konnte nur eines bedeuten. »Minimus kommt«, flüsterte Norma die Katze.

Minimus ließ sich, wie die anderen Führer vor ihm, von einem schwarzen Hahn begleiten und ankündigen. Nachdem dieser Herold, pausenlos krähend, den Stall betreten hatte, strömte ihm sofort ein Rudel Hunde hinterher, die grausamsten Tiere der Farm. Sie waren Minimus' Leibgarde. Diese Prozession marschierte direkt in den Stall – und hinter ihnen folgte Minimus.

Obwohl Minimus seinen Vorgängern durchaus ähnlich war und auch ähnlich aussah, hatten die Tiere doch deutlich den Eindruck, dass er in seiner Position nicht gerade glücklich war. Wie seine Vorgänger trug auch Minimus eine Peitsche. Aber anders als Schwatzwutz oder Napoleon benutzte er sie nie – und man hörte, dass er sie nicht besonders mochte und sie nur mit sich herumtrug, weil die anderen Schweine sie auch trugen.

Minimus war ein altes fettes Schwein mit einem Hang zum Intellektuellen. Er trug immer ein Jackett, er gab einen vortrefflichen Literaten ab. Es war eine Tatsache, dass Minimus es nicht wirklich genoss, die Sache hier am Laufen zu halten – er hätte viel lieber Shakespeare gelesen.

Minimus' Hunde jedoch waren nicht so unentschlossen. Sie waren auch nicht so leicht einzuschüchtern wie jene Hunde am äußeren Gatter und an der Stalltür. Allen Tieren war klar, diese Hunde würden angreifen, sobald Minimus es ihnen befahl. Ihr Anführer, Minimus' Chefhund, war eine graue Bestie, die passenderweise Brutus hieß. Die Tiere wussten, dass Brutus vor nichts zurückschreckte. Einmal hatte er ein Nest voller Schlangen angegriffen. Brutus, der einen starken Sinn für Hierarchien hatte, war stolz darauf, absolut loyal zu sein. Als Minimus seine breite Schnauze in die Höhe reckte und Brutus »Platz!« befahl, setzten Brutus und seine Soldaten sich.

Die Hunde, die unter Brutus' Befehl standen, hatten einen instinktiven Hass auf Schneeball. Für sie war er ein Verräter – auch wenn zu der Zeit von Schneeballs Verrat die meisten dieser Schäferhunde noch nicht einmal geboren gewesen waren und nicht ein einziger sich an ihn oder an seinen Geruch erinnern konnte. Sie knurrten. Hunde mögen keine Veränderungen.

Brutus knurrte den Eindringling an.

»Du erzählst ihnen also, du wärst Schneeball – und sie glauben dir. Das heißt aber noch lange nicht, dass es wahr ist.«

Da stimmten ihm die Tiere zu, das musste überprüft werden. Denn wenn sie im Augenblick glaubten, dass es Schneeball war, der vor ihnen stand – würden sie es darum auch in Zukunft glauben? Sie könnten doch genauso gut – wenn kein Beweis vorlag – einfach ihre Meinung ändern und das Gegenteil glauben.

Minimus nickte so heftig mit dem Kopf, dass seine Speckfalten auf und ab schlugen.

»Und auch wenn du Schneeball bist – nur weil du sagst, Schneeball war nicht schlecht, heißt das doch noch nicht, dass es wahr ist.«

Und auch dies war ein gutes Argument. Es war logisch – auch wenn zwei Schafe vor lauter Denken ohnmächtig wurden –, wenn dieses Schwein auch nicht Schneeball sein könnte, könnte auch Schneeball selbst vielleicht ein Verräter gewesen sein.

»Du«, folgerte Minimus, »könntest also ein Lügner und Hochstapler sein.«

Die Komplexität dieser philosophisch hergeleiteten Täuschung ließ ein weiteres Schaf ohnmächtig werden. Und zwei Gänse mussten vor die Tür gehen, um frische Luft zu holen.

Und auch wenn alle endgültig Klarheit haben wollten – Minimus wandte seinen Kopf zur anderen Seite und dachte weiter nach –, sie mussten sich genau überlegen, wer dieses Schwein und seine Ziege wohl waren und was sie hier wollten.

Norma die Katze kam als Erste auf den einzig richtigen Weg, die Wahrheit herauszufinden:

»Du musst es uns sagen, Benjamin.«

Und Benjamin der Esel hob seinen Kopf, um den gefüllten Stall zu überblicken, der die Wahrheit erwartete. Sogar Minimus, von den Umständen überwältigt, hatte sich dem Esel zugewandt, damit er sich erinnerte.

Benjamin betrachtete die Tiere der Herren-Farm. Die Gänse, die Ganter, die Schafe, die Böcke, die Lämmer, die Stuten, die Hengste, die Fohlen – und die Schweine.

Hinter Minimus sah Benjamin die ganze schweinische Gefolgschaft, die meisten waren Tamworth-Schweine, sie kamen gerade in den Stall. Hinter ihnen kamen die Schäferhunde, immer in Rufweite ihrer Herren. Minimus' braune Sau trug ein rotes Kleid. (Sie hatte so lange zum Umziehen gebraucht, dass das Gerücht vielleicht wahr sein könnte, dass sie nach acht Uhr abends gerne französische Wäsche trug und in den Stunden danach auch nichts anderes darüber anziehen wollte.) Kichernd und giggelnd traten sie in die Scheune – von ihren Mäulern hingen noch Pizzareste, zwischen den Klauen hatten sie noch Kuchenteig.

»Du hast Senf auf deinem Hemd«, sagte ein Schwein zu einem anderen.

»Oh«, antwortete es und leckte den Senf ab, »danke.«

Mit ihren dunklen Augen baten die Tiere Benjamin, ihnen die Wahrheit zu sagen.

War dies Schneeball? Konnte ein Schwein ihr Freund sein? Was war die Wahrheit?

Aber Benjamin schüttelte seinen Kopf. Nein. Nein, ihm war es nicht wichtig. Nein, er sah keinen Grund, ein Schwein für besser als ein anderes zu halten.

Nein.

Er ging in seinen Stall, schloss seine Augen und hob ein Bein an. Er war ein bisschen taub und würde keine Schwierigkeiten haben, weiterzuschlafen ...

Minimus atmete tief durch. Er war an der Reihe.

Er wusste, dass er an der Reihe war. Alles, was geringfügig und bedeutungslos war, musste er tun. *War dies Schneeball? Und wenn er es war, wer war Schneeball? Ein Verräter oder ein Held?* Minimus schaute dem anderen Schwein in die Augen und in das Herz. Und dann schaute Minimus in sein eigenes Herz.

Immer schon war Minimus ein bisschen ein Softie gewesen, und im Alter war er noch weicher geworden. Nicht, dass seine Leistungen gering geschätzt wurden, immerhin war er jetzt der Führer, der sein eigenes Zimmer im Farmhaus hatte und zwei Hunde als ständige Diener zu seiner alleinigen Verfügung. Er war es, der vom bekrönten Geschirr aß, der jeden Tag zwei Liter Bier aus der Suppenterrine trank. Zwar war Minimus wie die anderen Schweine – außen weich. Aber gleichzeitig war er auch ganz anders als die anderen Schweine, denn er war auch innen weich. Die anderen Schweine würden jeden Feind, der ihr abendliches Bier bedrohte, in der Luft zerfetzen. Minimus aber machte sich nicht viel aus solchen Dingen. All die Milch und die Äpfel ließen ihn kalt. Er hatte immer vermutet, dass er eine Seele so rein wie die einer Taube hätte, und er trug immer die Schmach mit sich, dass er nicht stärker war, dass er nicht größer war, dass er nicht die Kraft hatte, um zuverlässig zu sein – um freundlicher, höflicher zu sein gegenüber seinen eigenen Idealen – und möglicherweise auch besser für die Farm.

Schneeball (oder dieses Yorkshire-Schwein, das so viel Aufhebens um Schneeball machte) brach das allgemeine Schweigen.

»Kennt ihr den alten Schweinestall?«, fragte er Matilda die Kuh, die ein Ja nickte. »Legt Heu hinein, für mich und meinen Kollegen. Wir wollen nur dort schlafen.«

Die alte Kuh, die nicht sicher war, was sie mit dieser fragwürdigen Aufforderung aus dieser fragwürdigen Quelle tun sollte, schlug nervös mit den Hufen auf den Boden und muhte das Schwein an, das der Führer war – Minimus. Und Minimus, dieser fette und schokoladenbraune Berkshire-Eber, so fett und schokoladenbraun wie jeder andere Berkshire-Eber, der auf zwei Beinen lief, traf seine Entscheidung. Tränen stiegen in seine Augen, denn er verstand irgendwie, dass diese im ersten Augenblick bedeutungslos erscheinende Entscheidung ihm in ihrer Großmütigkeit den Eingang in die große Geschichte verschaffen würde.

Seine schwere Kehle gab einen exzellenten Resonanzboden für die Gefühle, mit denen er jetzt sprach:

»Kuh, bereite ihm sein Bett, und bereite es ihm gut – und heiße ihn willkommen. Es ist Schneeball, Tierheld Erster Klasse, Held der Schlacht am Kuhstall.«

Zweites Kapitel

In der nächsten Woche wurde bekannt gegeben, dass die Sonntagsversammlungen wieder eingeführt würden. Jahrelang waren die Sonntagsversammlungen ganz normale Treffen gewesen, wo die Tiere nach dem Hissen der grünen Flagge ihre Meinung zu Entscheidungen der Macht (also der Schweine) kundtun konnten. Unter der Herrschaft von Napoleon waren diese Versammlungen abgeschafft worden, denn man hatte entschieden, dass diese Dinge nur Unruhe auf die Farm brachten, und außerdem waren sie ermüdend. Zunächst war die Versammlung – nach einigen Beschwerden – durch einen Tag der Paraden und der Märsche ersetzt worden, doch nach und nach waren die Feiern ganz eingeschlafen. Nur ab und zu gab es ein Sportfestival (einen Tag der Wettrennen und Wettkämpfe, des Essens und Trinkens), und jeder war zur Teilnahme verpflichtet, musste mit grünen Fähnlein winken und singen:

»Die Herren-Farm, sie lebe hoch, will geben ihr mein Fleisch und all mein Leder!«

Mit beträchtlicher Besorgnis wurde nun die wieder eingerichtete Sonntagsversammlung erwartet – unter den einfachen Tieren war man sich einig, dass bei diesen Versammlungen nie etwas Gutes geschehen war, auch wenn alle ohne Ausnahme zustimmten, dass es im Allgemeinen besser war als früher. Denn früher waren sie hungriger gewesen. (Wann war das gewesen?

Vor oder nach der Rebellion? Okay, die Schweine sagten immer – mit einem kleinen Glucksen –, dass man nur Gutes erreichen konnte, wenn man litt.)

Man wusste, dass Schneeball und Minimus sich unter vier Augen trafen und dass die beiden den größten Teil der Tagesordnung und auch die Ausrichtung am nächsten Sonntag festgelegt hatten. Als im Verlauf der Woche die Stimmung zwischen Schneeball, Minimus und der Mehrzahl der Schweine immer besser wurde, ließen sich die Tiere zu einem vorsichtigen Optimismus hinreißen. Was auch immer geschehen würde, es sah nicht aus wie eine Bedrohung – und die Schweine, besonders Schneeball, legten eine außerordentliche Freundlichkeit an den Tag. Am Donnerstag erhielt jedes Tier einen Löffel Apfelmus. Schneeball half selbst (mit seinen eigenen Hufen!) beim Bearbeiten der Felder, der Gemüsebeete und des Getreides. Und obwohl es noch zu früh war, um ganz sicher zu sein, hatte er gesagt, das Getreide sei sehr gut in diesem Jahr – und er lobte jedes Tier für jede Arbeit, die es getan hatte.

»Ohne dich könnten wir das alles hier gar nicht schaffen«, sagte er mehrmals.

Diese kleine Ermunterung von solch einem wichtigen Schwein machte aus einem leeren Magen an einem späten Nachmittag schon wieder fast einen vollen Magen. »Mittagspause« war für die meisten Farmtiere eine schon lang vergessene Vokabel, und als Schneeball davon sprach, sie wieder einzuführen, bekamen sogar die Vorarbeiter – samt und sonders Schweine – wieder gute Laune und ließen ein paar Freudenquieker los, weil es sie für ihre leidenden Arbeiter freute.

Es gab aber auch ein Schwein, das diese Veränderungen nicht so positiv beurteilte, und das war Rosaauge. Rosaauge war das Schwein, das unter den Fortschrittlichen am meisten der alten Zeit anhing. Und als er hinter Minimus in dessen Gefolge herging, sah er aus, als hätte er in eine alte Zitrone gebissen. Obwohl es Anfang der Woche Gerede gegeben hatte, dass Schneeball Rosaauge die Position des Nächsten Führers streitig machen würde, schlief dieses Gerücht von selbst wieder ein, denn Schneeball zeigte unverhohlen, wie wenig er an Ämtern interessiert war. Und trotzdem, im Verlauf der Woche wurde Rosaauges Gesichtsausdruck immer noch knittriger, so dass die Tiere vor ihm Reißaus nahmen. Solch einen Gesichtsausdruck hatten sie noch nie auf dem Gesicht eines Tieres mit einer Peitsche gesehen! Vor Jahren war Rosaauge der Vorkoster Napoleons gewesen, und die Kühe, die sich daran noch erinnern konnten, machten Witze darüber, dass damals vielleicht das eine oder andere nicht richtig gut geschmeckt haben mochte ...

Es war interessant festzustellen, dass Rosaauge hervorragend mit Schneeball auszukommen schien, der ihm ein Spiel namens Kricket beibrachte. Eine Kiste mit Geräten für dieses Spiel war aus Willingdon geliefert worden, und hinter dem Farmhaus wurde eine Wiese gemäht, auf der nun die beiden Eber sich in einer geheimnisvollen und wahrscheinlich wichtigen Tätigkeit übten.

Schließlich kam der Sonntagmorgen, und nach einer Ration getrockneter Feigen »für den Vitaminhaushalt« begann die (neue) alte Sonntagsversammlung, indem man die grüne Fahne der Herren-Farm grüßte. Alle Tiere waren anwesend: Kühe, Schafe, Ziegen, Pferde, Ratten, Katzen, Enten, Tauben, Gänse, Hühner, der Rabe sowie – sie standen neben Minimus an der Rückwand – das Gefolge: schwarze Hähne, Hunde, Eber und dick geschminkte Sauen.

Von einem als Podest umgedrehten Waschzuber (den hatte man wenige Meter vor der Mauer aufgestellt) sprach Schneeball zu den im Stall versammelten Tieren. »Oho«, hörte man Rosaauge flüstern, »ein Redner aus den guten alten Tagen.«

Schneeball hatte gerade seine Vorderhufe erhoben, um hineinzuhusten und so seine Kehle von einem Frosch zu befreien, da sah er schon wieder seinen ehrenvollen Platz im Untergang begriffen – der Zuber brach unter ihm zusammen. Für eine Weile erschien es, als stünde er auf einer zertrümmerten Geburtstagstorte.

»Aha«, sagte Schneeball, »wir können die Situation vielleicht retten – hiermit!«

Als sie ihr Stichwort hörten, brachen zwei Bullen durch die Stalltüren. Vor sich her schoben sie eine monströse Konstruktion aus Marmor, Granit und Chrom.

Die beiden Bullen hatten das Podium kaum abgestellt, da war Schneeball auch schon hinaufgestiegen und erklärte:

»Das hier ist eine angemessene Seifenkiste.«

Tatsächlich hatten ein paar Tiere etwas von einer Seifenkiste gehört – und wenn das also eine Seifenkiste war, dann war sie ohne Frage bei weitem besser und angemessener als ein umgedrehter Waschzuber. In der Mitte dieses glänzenden Podiums zu stehen musste Aufmerksamkeit erregen.

Kein Zweifel – sehr Respekt einflößend.

Ohne ein Wort darüber zu verlieren, winkte Schneeball ab, als wolle er sagen, *ein Geschenk, denkt euch nicht zu viel dabei*, und der gesamte Stall brach in ein »Hurra!« als Zeichen der Zustimmung aus – und dann ging die Versammlung weiter.

»Euer Führer Minimus«, sagte Schneeball – und hier unterbrach er kurz, um Minimus die Gelegenheit zu geben, über die Menge zu blicken –, »hat sein Ziel nie aus den Augen verloren, euch ein hervorragendes Leben zu verschaffen! Und ein besseres Leben, ein besseres Leben für alle!«

Die Schafe brachen in lautes Blöken aus: »Ein besseres Leben, ein besseres Leben für alle!«, und beruhigten sich erst nach ein paar Minuten.

»Aber zuerst müssen wir entscheiden: Wer soll uns in dieses bessere Leben führen? Soll es Minimus sein, der selbst diese Vision einer lichten Zukunft für euch hat? Soll es Minimus sein, der sich starrköpfig in unbedingter Konzentration für ein besseres Leben für alle einsetzt?«

»Minimus! Minimus! Ja! Ja! Besseres Leben! Besseres Leben!«, blökten die Schafe.

Schneeball fuhr fort mit seinem Vortrag über eine neue Führerschaft und über eine neue Position, die er »Ausgezeichnetes Schwein« nannte, sowie darüber, wie man den Führer künftig finden würde, über etwas, das er Wahlen nannte. Nach einer kurzen Erklärung, was ein Kandidat war, trat Minimus auf das Podium und verlas ein kurzes Statement, das Schneeball ihm gereicht hatte. Die Farmtiere schienen es zu mögen, und dann trat Minimus wieder hinunter, und Schneeball nahm seinen Platz ein.

»Wir bitten um die Wahl! Stimmt für Minimus zum Ausgezeichneten Schwein!«

Es wurden Stimmzettel verteilt. Den Tieren wurde erklärt, dass sie frei entscheiden konnten, wie sie wählten und wie sie das einzige vorbereitete Kästchen ankreuzen konnten. Die Stimmzettel wurden eingesammelt und ausgezählt. Die Ergebnisse wurden präsentiert – ein Erdrutsch! Minimus nickte würdevoll. Er verlas eine weitere Erklärung, nach der Rosaauge das so genannte Nächste Ausgezeichnete Schwein sein würde. Danach gratulierte er Rosaauge und übergab dann den Platz auf dem Podium wieder an Schneeball.

Und Schneeball – er hob seine Hufe in die Höhe.

Fast so hoch wie seine Ohren!

»Minimus dankt euch für eure Unterstützung – und für die Gelegenheit, die uns einen Schritt weiter in die Zukunft bringt! Was er nun vorschlägt, ist nichts weniger als eine neue

Rebellion. Und auch in dieser neuen Rebellion sollten wir Minimus, unserem Ausgezeichneten Schwein, bis zum Sieg folgen!«

Minimus, der hinter Schneeball stand, nickte immer noch – seine Doppelkinne wackelten immer noch.

»Als erster Punkt auf Minimus' großartigem Plan ist aufgeführt, dass wir unsere Hymne wieder in unsere Herzen aufnehmen. Lasst uns jetzt *Tiere der Erde* singen.«

In diesem Augenblick begannen die Tiere unruhig hin und her zu scharren, denn obwohl die meisten gehört hatten, dass es einst eine Hymne gegeben hatte, so kannte sie doch niemand mehr. Zum Glück hatte Schneeball die notwendigen Maßnahmen ergriffen, und etliche Blätter mit dem Text wurden verteilt. Diejenigen Tiere, die nicht allzu gut lesen konnten, bekamen Unterstützung von denen, die es konnten. Nur Benjamin betrachtete die Worte aufmerksam – immer misstrauisch, dieser alte Esel.

Angeführt von den Schweinen und Hunden, die offensichtlich geübt hatten, sangen die Tiere:

Tiere der Erde, es ist unser Los,
Drum hört die frohe Botschaft,
Wir leben in glücklichen Zeiten.

Wir kennen nicht das Ende des Kampfes,
Aber wir sind gute Freunde,
Die Freiheit bringt am Ende der Wind.

Tiere der Erde, seid einig,
Und kämpft den Heiligen Kampf,
Einen frohen Kampf um die Freiheit.

Ha ha, ho ho, hört das Lachen,
Tiere der Erde, lasst es krachen!
Und tanzt mit uns den Freiheits-Shuffle!

Während die letzte Strophe der Hymne erklang, begannen Schneeball und Minimus und auch die Schweine und die Hunde (sogar Brutus und Rosaauge!) zu tanzen. Und die Tiere, von denen die meisten sonst nicht allzu schnell von Begriff waren, ahmten in diesem Fall erstaunlich schnell die Bewegungen nach – im Unterschied zu Menschen können Tiere nämlich sehr geschickt mit ihrem Körper umgehen. Es dauerte nicht lange, bis jedes einzelne von ihnen bis hin zu den drei Pferden, die das Alphabet nur bis zum Buchstaben B beherrschten, den Freiheits-Shuffle tanzen konnte. (Das also hatte Schneeball da draußen im Dorf gelernt!) Es war fesselnd, die eigenen vier Füße bei diesen Bewegungen zu beobachten, und ehe sie sich versahen, sangen die Tiere die (neue) alte Hymne *Tiere der Erde*, während sie den Freiheits-Shuffle tanzten. Nachdem sie beim ersten Versuch schon so erfolgreich waren, wiederholten sie das ganze vier Mal. Die Tiere, auch die Schweine und die Hunde, freuten sich an diesem Lied – nicht nur, weil sie in einer Gruppe tanzten, sondern auch, weil sie wieder einmal gemeinsam ihre Stimmen hörten.

Wie damals in den Zeiten der Großen Rebellion!

Was die ganze Sache so nett machte, war die Tatsache, dass sie denken konnten, dass sie genau dies immer gewollt hatten – auch wenn sie auf den Feldern arbeiteten!

Später wurde noch verkündet, dass das Ausgezeichnete Schwein außerdem entschieden hatte, der Herren-Farm ihren alten, richtigen Namen wiederzugeben – Farm der Tiere.

Die Tiere blökten für den Rest des Tages »Farm der Tiere, Farm der Tiere!«

Es dauerte nur wenige Tage, und die Tiere waren regelrechte Profis im Tanzen des Freiheits-Shuffle – und alle sangen oder summten pausenlos das lange vergessene Lied, *Tiere der Erde*, das auf diese Weise sehr schnell das Lied verdrängt hatte, das sie in der letzten Zeit immer gesungen hatten. *(Farm der Tiere, dir gilt mein Eid: Nie treffe dich durch mich ein Leid!)* Obwohl Minimus der Autor des zweitklassigen Reims gewesen war, machte ihm diese Veränderung nicht viel aus. Viel eher konnte man denken, wenn man das Vergnügen sah, mit dem Minimus die (neue) alte Hymne hörte, dass er selbst auch diese Zeilen verfasst habe.

Auf der nächsten Sonntagsversammlung wurde, nachdem man *Tiere der Erde* gesungen hatte, die grüne Fahne, die gehisst worden war, um die Versammlung einzuberufen, wieder eingezogen. Und unter Anwesenheit der gesamten schnaubenden und bellenden Tiermenge wurde eine überarbeitete Flagge gehisst. Sie war immer noch grün, aber jetzt hatte sie zusätzlich einen orangefarbenen Huf, ein lilafarbenes Horn und einen gelben Flügel als Wappen. Obwohl das Design ziemlich neumodisch und also für alle ziemlich aufregend war, sah es der alten Fahne nicht unähnlich, und das beruhigte die Tiere schließlich.

»Diese Fahne steht für unser grenzenloses Vertrauen in die Farm der Tiere«, erklärte Schneeball, »das Grün steht für den großen Reichtum dieser Farm – Felder voller Klee für jedermann! Die Hufe, Horn und Flügel stehen für alle Tiere auf der Farm, die auf dieser Farm, wenn sie zusammenarbeiten, eine großartige Zukunft haben. Es ist nicht wichtig, ob ihr lila, gelb oder orange seid – diese Farm gehört euch!«

Wie zu erwarten war, folgte ein unbeschreiblicher Jubel – besonders freuten sich die Tiere über den Klee. Felder voller Klee für uns alle, flüsterten sich die Kühe zu, und sie waren begeistert.

Nachdem die neue Fahne nun oben am Mast hing, gingen die Tiere zum hinteren Teil des Stalls, wo noch mehr Veränderungen für sie vorbereitet worden waren. Die meisten traten zur Seite, obwohl ihnen das nicht ausdrücklich befohlen worden war.

Sie äußerten Rufe der Überraschung. (»Ein Super-Tag!« oder »Dank dieser Güte!«, sagten zum Beispiel die Gänse.) Die Überraschungen wurden langsam zur Gewohnheit, aber zwei Schafe fielen mal wieder in Ohnmacht.

Die Bronzestatue von Napoleon, die für einige Zeit den alten Schädel von Old Major ersetzt hatte, war nirgendwo mehr zu sehen.

»Wo-wo«, stotterten die verängstigten Tiere, »ist der Beschützer der Schafherden, der Freund der Entlein, der Pate der Gänse?«

»Freunde«, sagte Schneeball, »es ist zutreffend, dass Napoleon ein großer Führer war.« Schneeball wandte sich den Schweinen zu. »Es ist zutreffend, dass er ein Vorbild für alle Schweine war.« Schneeball wandte sich den Hunden zu. »Es ist zutreffend, dass er der Terror der Menschheit war.« Und jetzt wandte er sich allen anderen Tieren zu: »Aber es ist auch wahr, dass sein höchstes Ziel war, für euch das beste Leben zu schaffen.«

»Bestes Leben, bestes Leben«, wiederholten die Schafe.

»Ja«, sagte Schneeball, »es ist nun die Zeit gekommen, dass unser Leben besser werden kann. Napoleons Zeit, das war die Vergangenheit. Wir hingegen arbeiten für die Zukunft. Wir dürfen nicht zögern – wie auch Napoleon nicht zögern würde. Nein, Napoleon würde nicht zögern, Dinge zu opfern – um für euch ein besseres Leben zu schaffen. Nein, Napoleon würde nicht zögern – sogar sich selbst hätte er geopfert!«

»Nein, das hätte er nicht«, maulte Norma die Katze außer sich, für einen Augenblick nicht bei Sinnen.

»Okay«, stimmte Schneeball ihr zu und warf Norma einen verständnisvollen Blick zu, »auch ich würde alles für euch opfern, so wie auch Minimus und Rosaauge alles für euch opfern würden – gerade, weil wir euch lieben! Wir würden alles geben – damit ihr es gut habt.«

»Damit wir es gut haben, wir es gut haben«, blökten die Schafe voller Überzeugung.

Und so geschah es, dass Napoleon und seine Zeit schnell vergessen waren, und das war vielleicht auch gut so. Was sollte es nutzen, wenn in Zukunft die Tiere immer das Gefühl haben würden, dass sie zu irgendetwas gezwungen oder in eine bestimmte Richtung gelenkt werden? Es wäre doch besser, sie würden denken, sie selbst gäben die Richtung vor. Dass sie für sich selbst an ihrer Zukunft arbeiteten.

Und Schneeball zog mit großer Geste ein weißes, am Stall angebrachtes Musselintuch zur Seite, um voller Inbrunst auf eine neue Inschrift zu zeigen:

Alle Tiere sind gleich – was sie daraus machen,
liegt bei ihnen selbst.

Ja, ja, nickten die Tiere mit den Köpfen in allgemeiner Zustimmung – das schien nur gerecht. Was wir werden, liegt bei uns, dachte jedes Tier bei sich, darauf vertrauend, dass sie auf ihrem Gebiet sehr erfolgreich würden arbeiten können. Also – das war sehr fair! Die Schweine nickten auch. Die Hunde nickten. Und alle Tiere nickten. Es war ein Wunder! Außer dem alten Benjamin, der nicht nickte, dachten alle Tiere, das sei völlig in Ordnung.

Ja, ja, ja – es lag völlig auf der Hand, dass Schneeball wirklich viel gelernt hatte da draußen im Dorf!

Zum Ende der Sitzung hin wurde außerdem entdeckt, dass auch das alte Porträt von Napoleon ersetzt worden war – durch das Bild irgendeines hart arbeitenden Tieres namens Boxer, den keiner außer den Schweinen und vielleicht noch Benjamin kannte. Es war sicher eine bewegende Entdeckung, und einige sahen, dass dieses Mal auch Benjamin nicht nur Tränen in den Augen standen, sondern dass er sogar schniefte, als er das Bild erblickte. Auf dem Bild zog das tapfere Pferd einen schweren Wagen eine schier endlose Steigung bergan ...

In einem unvorbereiteten Akt hieß Schneeball die Hunde, ein letztes weißes Tuch hinunterzuzerren, hinter dem eine Ode auf die Farm der Tiere sichtbar wurde, die er selbst geschrieben hatte, und die nun die unnötige Ode auf den *Gründervater Napoleon* ersetzen sollte.

Die Ode hieß *Alle Tiere essen Torte.*

Ihr könnt dagegen sein an jedem Orte,
Es können euch ärgern Fliegen jeglicher Sorte,
Aber schaut nicht voll Neid auf das Essen der anderen ohne Worte,
Denn wir alle arbeiten sehr, sehr viel, und wir alle mögen Torte.

Diese Veränderung war wirklich eine Überraschung. (»Aber hallo!«, schrien die Schafe.) Und sogar Minimus, der Verfasser des alten Gedichts *Gründervater Napoleon*, schien verdutzt. Das Ausgezeichnete Schwein schien erst etwas zu zittern, das sahen die Tiere am Wackeln der vielen Falten im Gesicht – sie alle mochten Torte.

Bei der Versammlung am darauf folgenden Sonntag präsentierte Schneeball Minimus' Plan »Architektur für eine bessere Zukunft«. Er legte dar, dass man im Dorf lernen konnte, dass Menschen an sich gar nicht schlecht seien – und dass es gar nicht schlecht sei, mit ihnen zusammen zu leben oder sie zu mögen. Um ganz offen zu sein, sagte Schneeball, in einem Dorf voller Menschen sei es vermutlich »eine gute Idee«, mit ihnen zusammen zu leben und sie zu mögen. Und als die Tiere hörten, dass der Wohlstand des einen auch der Wohlstand des anderen sei, dachten sie, okay, das konnte eine Lüge sein, aber es konnte auch wahr sein. Weil, wenn man genau darüber nachdachte, war in der Tat der Wohlstand der Tiere der Wohlstand der Menschen und der Wohlstand der Menschen auch der Wohlstand der Tiere. Solange man zusammen auf einer Welt lebte, war man zugegebenermaßen abhängig voneinander. Und dieser Tatsache musste man ins Auge sehen, ob man nun wollte oder nicht. Menschen und Tiere lebten zusammen in Willingdon. Ja, vielleicht in Konkurrenz, aber sicher auch in guter Nachbarschaft.

Am Montagmorgen würden Anfängerkurse in »Gehen auf zwei Beinen« und »Kleidertragen« beginnen, sagte Schneeball. Und die Tiere nahmen an, dass nichts Verwerfliches daran sei, wenn man auf zwei Beinen ging und Kleider trug. Sie alle sahen seit Jahren, wie die Schweine auf zwei Beinen gingen und Kleidung trugen. Es sah lediglich so aus, als sei ihr Rücken ein bisschen krumm und etwas verkrampft, aber das war alles.

Viele Jahre lang, sagte Schneeball und erzählte den Tieren endlich einmal etwas von seiner Vergangenheit, habe er bei der Ziege, die er Thomas nannte, studiert, und außerdem noch etwas mehr »im Dorf da draußen«. Er habe etwas kennen gelernt, was »Wirtschaft« heiße, und er habe die Kategorisierung von Betriebsmitteln analysiert und sei zusammen mit Thomas auf eine hervorragende Idee gekommen, wie er der Farm neues Leben einhauchen konnte. An diesem Punkt zögerte Schneeball ein wenig und schlug vor, dass es jetzt vielleicht besser wäre, Thomas selbst zu Wort kommen zu lassen. Und Schneeball behielt weiter das Ruder in der Hand, indem er Thomas als das am meisten gebildete und erfahrene Tier beschrieb, das er jemals getroffen hatte oder von dem er jemals gehört hatte. Diese Ziege hatte akademische Titel wie Arzt, Rechtsanwalt, Architekt und Ingenieur erlangt.

Thomas nahm Schneeballs Platz auf dem Podest ein und hielt eine Rede vor den versammelten Stalltieren. Seine Vortragsweise war sehr gebildet und vornehm, so dass viele Tiere – die eher einfach strukturiert waren – plötzlich vergaßen, ihre Mäuler, Schnäbel oder Schnauzen zu schließen. Keines von ihnen hatte ein Tier jemals auf diese Art sprechen hören.

»Glaubt mir, liebe Freunde, es ist mir eine Ehre, auf diese Weise von meinem geschätzten Kollegen Schneeball, dem Tierheld Erster Klasse, vorgestellt worden zu sein. Dieses Thema des ›Besser‹ schließt das Morgen und das Übermorgen ein, und natürlich auch euch alle, euer aller Morgen und Übermorgen. Euer aller Morgen und Übermorgen wird überaus positiv sein – und ich sage euch das ohne Zögern oder Ausflüchte –, ich möchte euch einen Elektrogenerator vorschlagen, der eure Ställe erleuchten wird, der sie beheizen oder kühlen wird, je nachdem, was ihr gerade braucht. Dieser Generator wird eure Felder umpflügen, das Getreide ernten, binden und dreschen, er wird eure Euter melken und eure Rüben häckseln.«

Von allen Seiten war zu hören, wie die Tiere nach Luft schnappten – das schien zu gut, um wahr zu sein.

»Also«, schlussfolgerte die Ziege, »ich versichere euch, dass ich jeden Stall mit heißem und kaltem Wasser versorgen werde!«

Vier Schafe wurden ohnmächtig – zwei hilfsbereite Stiere trugen sie an die frische Luft.

»Aber wie?«, frage Norma die Katze stellvertretend für alle.

Um antworten zu können, dankte Schneeball zunächst Thomas der Ziege und bestieg dann das Podest. »Windmühlen. Zwei Stück. Die werden nicht nur wesentlich einfacher zu bauen sein als diejenige, die wir bereits haben, sondern sie werden auch effektiver im Betrieb sein. Mit der Hilfe von Thomas, dem Arzt, Architekten, Ingenieur und Anwalt, werden wir in zwei Monaten mit der Arbeit fertig sein.« (Ein weiteres Schaf fiel in Ohnmacht.)

Am nächsten Morgen, als die Tiere ihre ersten Unterrichtsstunden nahmen und lernten, auf zwei Beinen zu gehen und Kleider zu tragen, begannen die Schweine, die Pläne für die Zwillingswindmühlen zu entwerfen.

Drittes Kapitel

Moses der Rabe verpasste nicht eine einzige Sonntagsversammlung – obwohl nicht eines der Farmtiere sagen konnte, wann Moses unter der Woche kam oder ging oder wo er sich über Nacht aufhielt, wenn er nicht auf der Farm war. Auch wusste niemand davon, dass Moses nach jeder Sonntagsversammlung über das Feld flog, über den Obstgarten, über den Teich und dann zu der Flussbiegung, weit außerhalb der Reichweite der Schweine – und von dort aus flog er in die Wälder, dorthin, wo die Biber lebten.

Die Farm der Tiere war eingeschlossen von der Fuchswald-Farm von Bauer Pilkington im Westen und der Knickerwald-Farm von Bauer Frederick im Osten. Im Norden lag die Straße, im Süden die Wälder. Die Grenzen der drei Farmen ragten einige Meilen in die Wälder hinein – bis zu den Spitzen einer Felsformation, die mit Bäumen bewachsen war und die zu klein war, um sie Berg zu nennen, und zu groß, um Hügel zu heißen. Ein Bach lief um ein paar Kurven durch unkultivierbares Land, lief durch Fuchswald, die Farm der Tiere und durch Knickerwald – und dort lief er durch Äcker und Felder und verlief zurück durch Knickerwald, die Farm der Tiere und durch Fuchswald. Durch diese gemeinsame Wasserquelle waren die Farmen zusammengeschweißt – immer lag die Drohung über den Farmen, dass der Wasserlauf unterbrochen werden konnte.

Weil jede Farm einen Teil der Wasserversorgung durch ihren Anteil der Wälder besaß, würde jede Farm, die der anderen das Wasser abschnitt, sofort selbst von der Wasserversorgung abgeschnitten werden. Die Folge einer solchen Auseinandersetzung wären logischerweise vertrocknete Felder, also schafften es die Bauernhöfe immer, in dieser wichtigen Frage des Wassers zu kooperieren. Diese Kooperation ging so weit, dass die drei Höfe sich bei zeitweiligen Störungen der Wasserversorgung zusammentaten, um im ansonsten nutzlosen Wald gemeinsam zu arbeiten und die Störung zu beseitigen.

Außer dass Knickerwald und Fuchswald sich mit Fallenstellen ein kleines Zubrot verdienten, gab es in den Wäldern nur ab und zu einen Biberdamm mit Hilfe von Dynamit zu sprengen, um den Bach wieder zum Fließen zu bringen. Das war für die Farmer kein großes Ding, es wurde mit einem kleinen gewöhnlichen Dynamitstab erledigt und war ansonsten keines Aufhebens wert. Auf der Farm der Tiere war man sich – abgesehen von ein paar Schweinen – dieser Taten nicht weiter bewusst. Die seltenen Sprengungen erschreckten die Pferde, aber die ließen sich ebenso schnell wieder beruhigen, wenn die Schweine ihnen erklärten, dass der Bach gerade von einem schädlichen Hindernis befreit worden war und dass das Wasser in ihren Trögen bald wieder kühler und frischer sein würde.

Die Biber aber, die Moses jeden Sonntag nach der Versammlung besuchte, waren gar nicht so glücklich über die Zerstörung ihrer Dämme. Der Anführer der Biber – der mit dem Versprechen an die Macht gekommen war, dass er die Wasserversorgung der Biberbauten in den Griff bekommen würde – hieß Diso. Weil Diso und seine Truppen mit Hilfe von Dynamit aus ihren Bauten vertrieben worden waren (dort lebten jetzt nur noch Alte und Kranke, die nicht mehr fortziehen konnten), lebten sie in Tunneln und Höhlen, die Maulwürfe, Eichhörnchen und Hasen gegraben hatten.

Weil es so schwierig war, in den Wäldern zu überleben, selbst wenn man keine Extra-Hindernisse in den Weg gelegt bekam, waren diese Eichhörnchen, Maulwürfe und Hasen nicht gerade begeistert gewesen, als die Biber sie zwangen, Höhlen zu graben. Und dennoch hatten sie der Aufforderung der militanten Biber Folge geleistet, denn die Biber beherrschten die Wälder. Die Waldland-Tiere, die seit Urzeiten immer verfolgt und bejagt worden waren, sehnten sich nach einer Führerschaft, die ihre Sorgen und Wut kanalisieren konnte und die vielleicht ja sogar Rache nehmen konnte an den Bauern der umliegenden Höfe. Es könnte wahr sein, meinten sie übereinstimmend, dass die Biber vielleicht ein bisschen zu gewalttätig waren – aber in den Fallen des letzten Frühjahrs hatten die Rehe vier Kitze und einen Rehbock verloren, und die Kaninchen hatten zwanzig verloren, und die Enten hatten vier verloren, und die Wühlmäuse hatten sieben verloren, und die Fasane hatten fünf verloren, und die Eichhörnchen hatten sechs verloren, und die Mäuse hatten zwei verloren, und die Maulwürfe hatten einen verloren. Und die Unken, die Frösche und die Kröten hatten siebenundvierzig an dieses Grundübel Bilby Pilkington verloren, den Sohn des Fuchswald-Bauern, der im Alter von elf Jahren seine Tötungsphantasien an schutzlosen Amphibien auslebte. Die Tiere der Wälder benötigten Schutz, und wenn die Biber ab und zu ein bisschen zu heftig waren, ein bisschen zu eifrig, dann war das nur, weil auch auf der anderen Seite niemand das rechte Maß kannte.

»Was hast du für mich?«, fragte Diso und hob den Kopf von seinen dicken Büchern und neuen Entwürfen, als der Rabe in die mit Kerzen erleuchtete Höhle trat.

»Welche Worte bringst du mir, Moses, mein Bote?«

Ganz anders als auf der Farm der Tiere (die man hier besser unter dem Namen »Farm der Schweine« kannte) hatte der Rabe hier bei den Bibern fast den Ruf eines Halbgotts. Sobald Moses den eben an die Macht gekommenen Bibern erklärt hatte, dass Raben 300 Jahre lang lebten und dass er selbst schon 200 Jahre alt war, dass er sich daher an die Tage erinnern konnte, von denen sie noch nicht einmal wussten, dass sie jemals existiert hatten, und dass die Biber damals die Herrschaft über das Dorf gehabt hatten – seitdem wurde er im Waldland als Gottheit verehrt. Ein Status, den Moses für angemessen hielt. Und vielleicht, so dachte er, würden die Biber ja in der Tat einmal die Herrschaft im Dorf übernehmen, dann wäre er besonders fein raus und hätte endlich den Rang, der ihm natürlich, natürlich, natürlich gebührte. Als Gegenleistung hatte Moses den Bibern die alten, alten Weisheiten (aus den Zeiten der großen Biber) erzählt – wie er sie erinnerte. Der Bote hatte den Bibern im Waldland die Lehren der Alten Biberwelt überbracht, die verboten, dass man Zitronenjoghurttorten aß und, mehr noch, dass man überhaupt irgendwelche Torten aß und damit Schluss. Diso war also sehr beunruhigt, als Moses berichtete, auf der Schweine-Farm herrsche nun der Spruch »Alle mögen Torte«, was natürlich nichts anderes als eine Bedrohung der Lehren der Alten Biberwelt war, wenn nicht, und das war noch viel wahrscheinlicher, eine bewusste Provokation. Diso wusste, was er zu tun hatte. Er wusch seinen Körper auf der linken Seite und seinen Pelzschwanz auf der rechten Seite vier Mal am Tag – wie es alle Rechtgläubigen taten, die die Lehren der Alten Biberwelt befolgten, als die Biber noch das Dorf beherrschten und alles gut war. Außerdem ging Diso wie jeder gute Europäische Biber (und Diso war ein ganz besonders reiner Biber seiner Art, *Castor fiber*) natürlich auf vier Beinen, wie alle anderen Tiere im Waldland auch. Nur die Vögel gingen auf zwei Beinen, und es hatte ein bisschen Streit gegeben, ob man sie zwingen sollte – wenn sie schon auf zwei Beinen gehen mussten –, wenigstens ab und zu mit den Flügeln beim Gehen auf den Boden zu schlagen.

Für die Biber, deren Trachten so auf das Erreichen der guten alten Zeit ausgerichtet war, war es vollkommen unverständlich, dass ihr fast heiliger Rabe dort drüben in der »Schweinerei« höchstens den Rang eines Clowns einnahm und in der Regel als Lügner oder bestenfalls als Langweiler galt. Die Biber konnten nicht verstehen, dass die Tiere auf der Schweine-Farm den Raben tatsächlich satt haben sollten und ihm angeblich sogar misstrauten. Es war nicht so, dass die Tiere dort Raben nicht tolerierten, sollte ein weiterer Rabe zu ihnen kommen wollen – sie hatten nichts gegen fremde Tierarten. Sie hatten nur Moses ziemlich über. Aber aus Sicht der Biber war diese Intoleranz Moses gegenüber absolut unerträglich – insbesondere, weil Moses mit seiner spirituellen Kraft und unermesslichen Weisheit bei ihnen so großes Ansehen genoss. Das bedeutete nur eines – die Tiere auf der Farm waren Hinterwäldler.

Diso war kein Hinterwäldler. Als junger Biber hatte er die Wälder verlassen und sich einer Erziehung durch die Ziegen im Dorf unterzogen. Erst als er alles von den Toggenburger Ziegen gelernt hatte, was jene wussten, kehrte er zurück ins Waldland. Diso hatte viel gelernt über die Geschichte – nicht nur über die Geschichte seiner eigenen Heimat, sondern auch über die Geschichte in der restlichen Welt. Er wusste alles über Fuchswald – eine Farm, die Mr. Pilkington gehörte, einem Kavalier und Gentleman, der gerne auf Jagd ging und Rehe schoss und Karpfen angelte. Diso wusste auch alles über die Knickerwald-Farm, die Mr. Frederick gehörte, einem Teufel in Menschengestalt, der sich mit aussichtslosen Rechtshändeln aufhielt und der dafür jeden Penny aus seinem Land und aus seinen Tieren rausprügelte. Und außerdem wusste Diso auch alles über die

Farm der Schweine – über den grenzenlosen Geiz und die Verschlagenheit der Schweine und darüber, wie skrupellos auch sie regelmäßig die Dämme der Biber in die Luft jagten. Besser als alles andere kannte Diso deren Heuchelei. Auch sie behandelten Tiere nicht besser als Menschen und waren darum auch nicht besser als die Menschen. Die meisten Waldland-Tiere wussten nicht einmal, dass es auf der Schweine-Farm eine Rebellion gegeben hatte. Die Waldland-Tiere hatten die Schweine-Farm schon gehasst, als sie noch Herren-Farm hieß, und daran hatte auch die Herrschaft der Schweine nichts geändert. Es war alles beim Alten geblieben. Und so sehr der gewalttätige Diso von den Tieren des Waldlandes auch gefürchtet und sogar gehasst wurde, so gab es doch die eine unbestreitbare Tatsache – die Bachregulierung war ihr ureigenes Recht.

In der letzten Zeit hatte Diso seine Kenntnisse über die Schweine-Farm mit Hilfe seines Geheimdienst-Boten Moses vervollständigt. Moses, der Diso über die Vorgänge auf allen drei Hinterwäldler-Farmen informierte, hatte sehr gewissenhaft über die Veränderungen berichtet, die in den letzten Wochen auf der Schweine-Farm vor sich gegangen waren, seit Minimus und vor allem seit dieses neue Schwein Schneeball dort etwas zu sagen hatten. Jetzt war er zum ersten Mal wieder im Waldland.

Außerdem gab es ein paar Ratten, die immer wieder zwischen dem Waldland und den drei Farmen hin und her pendelten (es hing davon ab, wo das Leben gerade am einfachsten war). Von ihnen gab es meistens die allerneuesten Nachrichten. Ratten hatten nämlich kein gutes Langzeitgedächtnis, ihr Kurzzeitgedächtnis hingegen war hervorragend – geradezu fotografisch. Sie machten sich also ganz hervorragend als Spione und Saboteure – weil man ihre Vergangenheit manipulieren konnte, und sie glaubten einem sofort, würden alles für einen tun und es dann vergessen. Das einzige Problem mit den Ratten war, dass sie so gierig auf Hühnereier, Erdnussbutter und Kokosnüsse mit Limburger Käse waren, dass sie ihre Geschichten oft übertrieben, weil sie dachten, mehr bringt auch mehr ein.

Weil die Informationsquellen also nicht von allerbester Güte waren – die Gier der Ratten und die Ungenauigkeit von Moses –, dachten die Biber, aufgrund ihres Verstandes für Technik könnten sie schon zum wahren Kern der Geschichten vordringen. Das Hirn eines Bibers war der Aufgabe, solch komplexe Bauten wie Dämme in fließendem Wasser zu bauen, bestens angepasst, und daher hielten die Biber sich für überaus geeignet, Informationen von unterschiedlicher Seite in eine weltumspannende Gesamtheit einfügen zu können – eine Gesamtheit, die sich zurückverfolgen ließ bis zu den Zeiten, an die Moses sich erinnerte, als die Biber ein Dorf leiteten in Einklang und Harmonie mit dem Universum.

»Dort oben«, sagte Moses oft, »dort oben seht ihr den Polarstern über dem Kandiszucker-Berg, wo jeden ehrlichen Biber 1600 jungfräuliche Birkenschösslinge erwarten.«

Und dementsprechend, weil sie das Volk des Polarsterns waren und weil sie sich seit Jahren der Informationen von Moses sowie weiterer Geheiminformationen bedienten, dachten die Biber, sie hätten alles ziemlich gut im Griff – und dass ihre Kenntnis der Dinge immer besser werden würde. Mit dieser neuen Information, die ihnen Moses gebracht hatte, war die Schweine-Farm in der Denkweise der Biber nicht nur der am besten vom Waldland aus zu erreichende Feind, sondern auch derjenige, den sie am besten verstanden und also durchschauten.

Diese heuchlerischen Schweine!

Trotzdem waren im Augenblick, gleichgültig, wie sehr die Biber die Schweine-Farm hassten, Fuchswald und Knickerwald die weitaus gefährlicheren Feinde. Wie die Schweine-Farm sprengten auch Fuchswald und Knickerwald die Biberdämme in die Luft. Aber anders als Fuchswald und Knickerwald war die Schweine-Farm nicht aktiv am Jagen oder Fischen beteiligt. Und außerdem beteiligte sich die Schweine-Farm nicht am entsetzlichen, aber hochgradig profitablen Pelzhandel. Diso wollte jedoch glauben, dass die Schweine diese Einnahmequelle lediglich übersehen hatten. Aber auch Diso konnte das Unleugbare nicht leugnen – die Schweine-Farm war für diese sinnlose Grausamkeit nicht verantwortlich zu machen. Die Schweine-Farm war ein neues Regime, während Fuchswald und Knickerwald schon immer – jedenfalls solange die Tiere im Waldland sich erinnern konnten – grausam gewesen waren, was ihre Politik gegenüber dem Waldland anging. Und diese Politik ging so weit, den Tieren den Pelz vom Rücken zu ziehen! Erst in der letzten Saison waren neun Biber ums Leben gekommen – im Namen einer Mode, die die Haut der Tiere in Mäntel verwandelte.

Durch die Geheiminformationen, die Moses der Rabe überbrachte, war ein loses Bündnis mit der Schweine-Farm entstanden, eine Allianz, die, so zerbrechlich sie auch war, mittlerweile schon ein paar Jahre dauerte. Weil die Schweine seit Jahren gegen ihre Nachbarn kämpften (auch wenn die Biber eigentlich keine Unterschiede zwischen den Schweine-Bauern und den Bauern-Schweinen sahen) und weil sie nun einen neuen Verbündeten, eine überaus kluge Ziege namens Thomas, besaßen, hatte die Schweine-Farm eine revolutionär neue Militärtechnologie entwickelt. Sie hatten eine Methode entwickelt, Fallen unschädlich zu machen – durch Kerosinbomben. Die Farm der Tiere hatte dem Waldland ein paar Berater zur Verfügung gestellt, die die Waldland-Tiere darin unterrichteten, diese lebensrettende Methode richtig anzuwenden. Durch diese Sachkenntnis hatten die Biber einen verborgenen Krieg gegen Fuchswald und Knickerwald geführt. Angewiesen durch die Ziegen in den taktischen Bereichen, erlernten die Biber nicht nur die Kunst, wie man die Fallen der Bauern zerstörte, sondern auch die Kunst, wie man Zwiebeln in Grassamen mischte, sowie Dutzende anderer subversiver Strategien, die die Biber gerne durch ihre Waldland-Tiere ausführen ließen.

Viertes Kapitel

Filmont kam hilflos an. Zum größten Teil war er Labrador, und einen kleinen Teil hatte er vom Golden Retriever. Weil er nicht die Bösartigkeit der Schäferhunde auf der Farm der Tiere besaß, war er von Mr. Frederick von der Knickerwald-Farm beinahe zu Tode geprügelt worden. Die Wachhunde hatten ihn an der Straße gefunden, als er aus dem Maul blutete, und obwohl es ihnen eigentlich zutiefst peinlich war, dass ein Hund so passiv sein konnte, so waren sie doch von diesem zerlumpten Vagabunden ganz angetan. Er sagte, er habe nie jemanden gebissen und er würde es auch nicht tun – er hatte noch nicht einmal jemals mit Hunden gekämpft. Und er würde sich auch nicht gegen Mr. Frederick wehren. Er war einfach unter den Tritten dieses Menschen liegen geblieben.

Filmont war auf einer alten Tür, die man einem Stier aufgebunden hatte, zum großen Stall getragen worden. Als dann die meisten Tiere nach Feierabend nach Hause zurückgekehrt waren, hatten sie Filmont sterben sehen – sein Körper war genauso kraftlos geworden wie sein sandfarbenes Fell.

Die letzten Worte, die er durch seine Lefzen dringen lassen konnte, waren Worte der Liebe für seine Collie-Freundin Sandra-Marjorie, die in froher Erwartung kleiner Welpen war – seiner Welpen.

Sandra-Marjorie war Mr. Pilkingtons Collie – Mr. Pilkington war der Herr der Fuchswald-Farm. Und aus diesem Grund war Filmont eben auch von Mr. Frederick geschlagen worden. Nicht nur hatte Mr. Frederick sowieso Spaß daran, Tiere zu schlagen, er hatte auch keine Lust, von Mr. Pilkington zu hören, dass sein Köter Vater von ein paar Welpen war, die jetzt wieder Chaos auf dem Hof hervorrufen würden. Frederick und Pilkington hegten seit langer Zeit Hass füreinander, und die Liebe ihrer beiden Hunde hatte diesen Hass nur tiefer werden lassen. Niemand hier wollte einen verdammten goldenen Labrador-Collie.

»Schickt bitte meiner Sandra-Marjorie die Nachricht«, bat Filmont die Tiere, »dass ich auf dem Mond auf sie warten werde.« Die Szene war so anrührend, dass viele der Tiere weinten. Denjenigen, die mit der Anspielung auf den Mond nichts anzufangen wussten, erklärte Norma die Katze, dass der Mond als Ort für die Toten ein Teil der Hundekultur sei.

»Hunde glauben, dass sie nach ihrem Tod auf dem Mond weiterleben werden. Darum heulen sie immer den Mond an«, erklärte sie leise.

Filmont tat seinen letzten Atemzug, und in den Stall zog eine melancholische Stimmung ein – die Verzweiflung, dass der Tod das Leben auf so schreckliche Weise begrenzte.

Dann aber trat Thomas die Ziege ein.

»Aus dem Weg! Aus dem Weg!«, rief Schneeball – und die Tiere traten auf die Seite, um die Ziege vorbeizulassen. Es gab verdutzte Schnauber, als Thomas auf die Brust des Labradors schlug – und ihm Luft in das blutende Maul blies. Doch dann, plötzlich, fingen die Tiere an zu flüstern und zu schreien, denn aus Filmonts Maul floss ein Schwall Blut – und der Hund atmete wieder.

»Bringt den Hund in mein Labor!«, befahl Thomas. Vor ein paar Monaten schon hatte sich die Ziege den alten Schuppen in ein Labor umbauen lassen, wo Thomas Wunder der modernen Wissenschaft vollbrachte. Und hier vollbrachte er nun das größte Wunder aller Zeiten. Eine der Ratten hatte es ihn tun sehen und erzählte es brühwarm den anderen Tieren, die immer noch völlig perplex im großen Stall standen.

Thomas und Schneeball hatten weiße Uniformen übergeworfen, trugen auch weiße Masken und hatten das schärfste Messer in der Hand, das die Ratte jemals gesehen hatte. Thomas die Ziege hatte den Bauch des Hundes aufgeschnitten, und »drinnen im Hund waren diese Teile in verschiedenen Farben, und eines davon blutete. Thomas nahm eine Nadel und einen Faden und nähte es zu und stoppte das Bluten«, erinnerte sich die immer noch überwältigte Ratte.

»Und dann nähte er den Hund wieder ganz zu. Und ich glaube, der Hund lebt noch. Und er wird auch weiterleben.«

Und wie sich herausstellte, überlebte Filmont in der Tat.

Als seine Wunden bandagiert worden waren, bekam der Labrador einen eigenen Stall, wo er in den nächsten Wochen von vielen Tieren besucht wurde, mit denen er sich lange unterhielt. Durch seine Liebenswürdigkeit, Ernsthaftigkeit und Sanftheit gewann er die Herzen der Farmtiere.

Unter dem Tyrannen von Knickerwald, Mr. Frederick, war Filmonts Leben eine einzige Aneinanderreihung von Schmerzen gewesen – und wenn er von der Farm der Tiere sprach und davon, wie die Tiere die Herrschaft über ihre eigenen Leben gewonnen hatten, über das Wunder, dass die Tiere wählen durften, über das Wunder der Erziehung, wie Tiere ihr Leben in die eigenen Hufe nehmen konnten und sogar Karriere auf der Farm machen konnten, wie man an Napoleon und Schneeball ja sehen könne – indem er das alles begierig aufnahm und an andere Tiere, deren Gedächtnis nicht so gut entwickelt war, weitererzählte, konnte er mit seinem Optimismus viele der anderen Tiere anstecken, die alle doch ziemlich erschöpft von den Sorgen des Alltags waren. (Ja, die meisten Tiere waren gleich!) Es gelang Filmont, einer Ratte ihre Würde wiederzugeben, die ihre Arbeit nicht mehr gerne machte, seit sie vom Fluss zum Abwasser versetzt worden war. Filmont repräsentierte alleine schon durch seine Ankunft, welch ein leuchtendes Beispiel die Farm der Tiere doch im Verhältnis zum Dorf war. Und Filmont war ein Tier, das allein durch seine Gegenwart allen anderen Tieren erlaubte, ihre Abwehrmechanismen gegenüber den Neuankömmlingen, die sich unter Zäunen hindurchgruben, um auf die Farm der Tiere zu gelangen, aufzugeben.

Die Tiere hatten die Farm noch einmal übernommen!

Oh ja, was für ein Segen! Welch unbegrenzte Möglichkeiten!

Mittlerweile waren die Umerziehungsklassen nach Plan vorangekommen – jeder war »humanifiziert«. »Vier Beine gut, zwei Beine besser«, erinnerten sich die Schafe von irgendwo her. Die Gänse waren für die Feldarbeit entschuldigt, sie hatten alle Flügel voll zu tun, um die benötigte Kleidung für die Tiere herzustellen. Stoffballen wurden aus dem Dorf geliefert, und die Gänse nahmen die Arbeit gerne auf sich. Am Ende des Sommers hatte jedes männliche Tier ein Paar kurzer Hosen, ein Paar langer Hosen, ein langärmliges Hemd und einen Hut – während jedes weibliche Wesen ein kurzes Kleid, ein langes Kleid, ein Halstuch und eine Haube hatte. Als das Nähen vollbracht war, übernahmen die Gänse auch die Wäscherei – wie auch die Näherei.

Man war unter den Tieren übereingekommen, dass Kleidung eigentlich gar nicht so schlecht war – wenn man sich einmal daran gewöhnt hatte. Manchmal war sie ein bisschen zu warm, manchmal juckte sie ein wenig, aber die Tiere mochten die leuchtenden Farben und fingen bald an, Futter gegen etwas modischere Bekleidung zu tauschen. Man konnte meinen, die Tiere würden ihre Individualität durch ein kleines Bändchen im Haar ausdrücken.

Was das Gehen auf zwei Beinen anging, so waren einige Tiere erfolgreicher als andere. Die Vögel hatten den zweibeinigen Gang natürlich schon sehr gut drauf, und auch die Hälfte der Schafe hatte nach einer Woche schon kapiert, wie er funktionierte. Benjamin der Esel hatte überhaupt keine Schwierigkeiten, und auch wenn er über Schmerzen in der linken Hüfte klagte, so watschelte er doch fröhlich umher. Die drei Pferde, die das Alphabet alle nicht weiter als bis zum B beherrschten, empfanden die Aufgabe als nicht lösbar. Norma die Katze dagegen vollbrachte Großtaten, was die Grazie beim Gehen anging. Auch die Kühe passten sich der neuen Art der Fortbewegung sehr gut an – obwohl sie sich beim Lernen sonst bekanntermaßen immer recht schwer taten. Die Hunde, die mit wenig Anstrengung die zweibeinige Haltung annahmen, durften trotzdem meistens auf vier Beinen bleiben – weil sie vorbrachten, eine aufrechte Position mache sie langsam und verwundbar.

Gleichzeitig wurden die anderen Pläne mit Hilfe von Thomas der Ziege schon bald in die Realität umgesetzt. Ein Team Ingenieursziegen, die man von außerhalb geholt hatte, hatte Werkzeuge für Tierklauen entwickelt, und man hatte auch schon ein Fundament aus Beton gegossen, so dass der Bau im November beginnen konnte. Die Tiere benutzten Holzlatten von der alten Napoleon-Windmühle, und der Bau machte rasch Fortschritte. Für diejenigen Tiere, die sich an die Vergangenheit erinnerten und an die schrecklichen Schicksalsschläge, die die Arbeiter beim Bauen der Napoleon-Windmühle erlitten hatten, schien nun endlich tatsächlich eine bessere Welt in Sichtweite. Man hatte sogar gesehen, wie Schweine gearbeitet hatten, ab und zu, bei einer ganz besonders wichtigen Aufgabe – aber immerhin bei der Arbeit. Schneeball war verantwortlich für das Verteilen von Wasser.

»Ich trage mein eigenes Gewicht«, sagte Schneeball häufig, was ziemlich viel war, denn er hatte seit seiner Ankunft etliche Kilos zugelegt. (Er, Thomas und ein paar Sauen und Ziegen waren in die alte Remise gezogen – der Umbau war ein ganz besonderes Beispiel des neuen eleganten Tier-Baustils.)

Im Großen und Ganzen war die Errichtung der Zwillingswindmühlen nicht selbstzerstörerisch und unvorhersehbar, sondern leicht und schnell. Um den Fortschritt zu manifestieren, wurde die Schweinejugend fortgeschickt, um sich außerhalb der Farm weiterzubilden – und es wurde offen kommuniziert, dass es jetzt, im Winter, so kalt war, dass es außer dem Bauen der Windmühlen sowieso nicht viel zu tun gab. (Zum Warmhalten gab es sowieso nur Stroh, das nicht viel half.) Die Schweine waren erleichtert, als sie berichten konnten, dass der Inhalt der Tresore auf der Farm der Tiere ausreichte und dass es nicht notwendig gewesen war, sich Geld von der Bank zu leihen, was immer das auch sein mochte, um die Arbeiten vollenden zu können. Wenn es nötig war, wurden Experten von außerhalb eingestellt, und viele Tiere fanden die Anwesenheit von menschlichen Elektrikern, Schweißern und Sicherheitsexperten beunruhigend. Und doch hatte Schneeball Recht gehabt – das Gehen auf zwei Beinen und das Tragen von Kleidung machte es leichter, auf Emotionen dieser Art gelassen zu reagieren. Viele der Schweine waren inzwischen dermaßen an menschliche Gesellschaft gewöhnt, dass die anderen Tiere auf der Farm manchmal Schwierigkeiten hatten, Mensch und Schwein auseinander zu halten. (Nur durch den Vergleich von Nase und Schnauze oder Schuhen und Klauen waren noch Unterschiede zu erkennen.) Und im Laufe der Zeit waren die Tiere sich darin einig geworden, dass die beste Möglichkeit, mit Menschen umzugehen, darin bestand, sie wie Schweine zu behandeln.

Aber es gab auch Ungemach beim Bau der Windmühlen. So kamen zwei Tiere ums Leben, und zwar, um genau zu sein, zuerst eines der Lämmer. (Es war versehentlich von einigen Schafen in den Fließzement des Fundaments gedrängt worden, als sie gerade aufgeregt beobachteten, wie der Zement in die Form floss.) Und der zweite Verlust war zwar nicht noch tragischer, aber für die Tiere deutlicher spürbar. Norma die Katze bekam einen elektrischen Schlag, als ihr Schwanz eine Stromleitung berührte. Als Ehrenbezeigung wurde ihr Fell nicht dem Leimsieder verkauft. (Die sterblichen Überreste des Lamms waren nicht geborgen worden.) Beiden Tieren wurde posthum der Orden Tierheld Zweiter Klasse zugesprochen.

Um alle Tiere zu ehren, die seit der Großen Rebellion für die Farm der Tiere gefallen waren, wurde die alte Napoleon-Mühle umbenannt. Schneeball erinnerte im März zur Feier des Jahrestages an Boxer, ein Pferd, an das sich mittlerweile alle erinnern konnten (obwohl sie ihn zwischenzeitlich scheinbar etwas vergessen hatten), als einen Riesen der Gattung Pferd, sowohl an Stärke wie an Geist, der sich für seinen Traum, die Farm der Tiere und die Windmühle, die ein wichtiger Schritt auf dem Weg zu einer besseren Welt war, zu Tode gearbeitet hatte.

»Von nun an«, sagte Schneeball, »wird die Napoleon-Mühle ›Mühle der Träume‹ heißen.«

Als diese Worte gesprochen waren, wurde Filmont der Labrador so aufgeregt, dass er seinen eigenen Schwanz zu jagen begann – er konnte in diesem Augenblick nicht anders. Schneeball, mit einem gutmütigen Grunzer, vergab ihm nicht nur, sondern er forderte alle Tiere der Farm auf, den guten Beispielen von Filmont, Boxer und sogar Napoleon zu folgen.

»Träumt den unmöglichen Traum!«

Hinsichtlich der Fertigstellung der Zwillingswindmühlen war der einzige bittere Beigeschmack, dass auf einmal eine zweite Schweizer Ziege von außerhalb auf dem Hof herumlief, um die Arbeiten zu beaufsichtigen. (Es würde noch ein Jahr dauern, bevor der versprochene Strom und das fließende Wasser fertig sein würden.) Der Neuling war ein Kumpan von Thomas der Ziege – und was seine Qualifikationen betraf, konnten die Tiere diese erst erkennen, als ein Blatt mit der Biographie dieses neuen Tieres publik gemacht worden war, das den Gerüchten vom Fehlen jeglicher Fähigkeiten entgegentrat. Die neue Position beinhaltete nicht nur große Essensrationen, sondern auch ein Zimmer im Farmhaus (denn ein Kopfarbeiter musste satt sein und gut ausgeruht sein).

Bald wurde entschieden, dass das Management der beiden Windmühlen zu anstrengend für ein einzelnes Tier sei – und als angekündigt wurde, dass ein zweites Tier aus dem Kreis der Farmtiere ausgewählt werden würde, um diese Position einzunehmen, und dass dieses Tier die Schweizer Ziege sei (die sehr qualifiziert sei), ging ein Murren durch die Gruppe der versammelten Tiere. Auf der nächsten Sonntagsversammlung wurde dann ein Wettbewerb veranstaltet, um die neu geschaffene Manager-Position zu besetzen. Die Tiere präsentierten ihre Bewerbung, und während die Schweine und die Ziegen sich zur Beratung über die Stellenvergabe zurückgezogen hatten, wurde von den Farmtieren einmütig entschieden, dass ein Bulle namens Hobart über die besten Qualifikationen verfügte.

Auch aus der Sicht eines gewöhnlichen Tieres, das die meiste Zeit im Stall steht, waren die Präsentationen der Bewerber sehr unterschiedlich gewesen. Ganz unten in der Skala, wenn man Originalität und Qualität betrachtete und nicht Sympathie oder Mut, war das vollkommen unlogische Diagramm, das ein Huhn – seit es seinen Namen vergessen hatte, hieß es allgemein

Temescula – einfach in den Dreck gemalt hatte. »Temescula« hatte entschieden, dies sei ein so origineller Name, dass sie ihn nie mehr vergessen würde. (Was sich als unrichtig herausstellte, denn Temescula vergaß regelmäßig, dass sie sich selbst »Temescula« genannt hatte. »Wie heiße ich?«, war ihre gewöhnliche Begrüßungsformel.) Niemand mochte dieses selbstgerechte Huhn, aber Temescula war so ziemlich das, was die Tiere allgemein »Hühner-Hirn« nannten.

Die Entscheidung der Schweine und Ziegen, dass Temescula den Job bekommen sollte, löste sofort Verwirrung und sogar Ärger bei den Tieren aus. Aber als Rosaauge erläuterte, dass Temesculas Diagramm in der Tat genial war, akzeptierten die Tiere die Entscheidung, denn immerhin waren die meisten klug genug, um zu erkennen, dass sie nicht klug genug waren, um echte Genialität zu erkennen. (Außerdem war Rosaauges Vortrag so seriös und ehrlich gewesen, dass kein Tier Zweifel am Vorgetragenen haben wollte.) Sogar Hobart zuckte nur mit den Schultern und gratulierte Temescula zur gelungenen Präsentation.

Am nächsten Tag wurde die erste Ausgabe der neuen Wochenzeitung für die Farm der Tiere verteilt, der *Tagespfiff*.

»Heimisches Geflügel siegt!«, lautete die Schlagzeile. Jene Tiere, die lesen konnten (und die Schweine wollten, dass jeder diese Zeitung lesen konnte, also wurden die Bildungsanstrengungen verstärkt – fünfzig Tiere saßen zusammengepfercht im Klassenzimmer), wurden überrascht von einer erstaunlich bewegenden Biographie des Huhns, das zielstrebig einige akademische Grade an einer Fernuniversität erlangt hatte.

»Sie sagt immer ja«, war eines der Schweine zitiert worden, »sie ist ein ›Es ist möglich‹-Huhn!«

Temescula ließ durch ihren Sprecher, einen Hasen, verlauten, dass von nun an alle Tiere freiwillig einem Zehn-Stunden-Tag zustimmen sollten. Das sei zwar neben der normalen harten Arbeit im Sommer schwer zu machen, aber es sei eben notwendig. Aber im September, nachdem die Ernte eingebracht worden und auf dem Markt verkauft worden war, war die Arbeit an der Windmühle schon fast wieder entspannend, denn außer dass man daran arbeitete, zum ersten Mal Strom auf der Farm zu haben, gab es sonst wenig Zerstreuung. Und die Tiere hofften, dass sie die Heizung im Januar fertig haben würden, dass der Winter daher vielleicht kürzer sein würde.

Es war auf der dritten Sitzung im Oktober, als Schneeball einen neuen Plan präsentierte, den die Tiere umsetzen sollten, um die bessere Zukunft zu sichern – man wollte die benachbarten Farmen Fuchswald und Knickerwald annektieren, durch etwas, was er »Rechtsstreit« nannte. Nachdem klargestellt worden war, dass dies nicht ein weiteres unbequemes Kleidungsstück war, sah es so aus, als hielten die meisten Tiere dies für eine gute Idee – weil es nichts von ihnen verlangte.

Aber Minimus, der die Dinge so mochte, wie sie gerade waren, stimmte dem Plan nicht zu, und so entstand eine Diskussion. Minimus sagte, bald würden sie alle fließendes Wasser und Elektrizität haben. Warum sollten sie sich in die Belange des Dorfes einmischen? Und selbst wenn sie irgendwann in die Dinge des Dorfes hineingezogen werden würden, warum sollten sie nicht warten, bis es so weit war? Mit den Zwillingswindmühlen wäre die Position der Farm der Tiere dann noch stärker.

Schneeball erklärte, der Rechtsstreit sei eine Vergeltung für Unrecht, das ihnen in der Vergangenheit durch Fuchswald und Knickerwald angetan worden sei. Minimus hingegen fuhr fort, dass Anwälte nichts anderes seien als ein großer Ausgabenposten und dass von ihnen nie etwas Gutes zu erwarten sei. Außerdem, argumentierte er, seien Fuchswald und Knickerwald im

Moment auf einem so schlechten Niveau, was die Bevölkerung anging, die kränklich und dumm sei, dass der Nutzen für die Farm der Tiere fraglich sei. Die Tiere der Farm, sagte er, würden besser daran tun, ihre eigenen Lebensumstände zu verbessern.

Um zu diesen Sätzen nicht zu schweigen, erklärte Schneeball, dass Fuchswald und Knickerwald durch Angriffe der Biber im Moment sehr geschwächt seien, die diese beiden Farmen regelmäßig heimsuchten, dass man jetzt handeln müsse und nicht feige zögern dürfe.

»Die Feinde der Farm der Tiere sind wehrlos!«

Schneeball erhob seine Klauen.

»Wir müssen sie mit allen zur Verfügung stehenden Mitteln überwältigen!«

Und in diesem Augenblick brach ein enthusiastischer Tumult im Stall los – und bei all dem Meckern, Muhen und Blöken sahen nur wenige, dass ein seltsamer Ausdruck über Minimus' fettes Gesicht huschte. Es schien, als bemerke das Ausgezeichnete Schwein, dass es kein Ausgezeichnetes Schwein mehr war. Und er wurde immer stiller und ernster.

Der *Tagespfiff* berichtete in großer Ausführlichkeit über die Diskussion. Minimus erklärte dort in einem überraschenden Artikel, dass Schneeball die Einwendungen, die er, Minimus, vorgebracht habe, in aller Form entkräftet habe und dass man nun keine Angst mehr haben müsse. Sein Vertrauen Schneeball gegenüber sei grenzenlos – und das gleiche Vertrauen sollte jedes Farmtier haben.

»Voran!«, erklärte der *Tagespfiff*. In einem »Brief an den Herausgeber« (der von einer aufgeregten Maus stammte) wurde vorgeschlagen, dass der Name Schneeball nicht genügte, um all die Kraft, den Mut und die visionäre Kraft dieses Schweins zu beschreiben, und dass »Schneesturm« vielleicht besser passte. Auf der nächsten Sonntagsversammlung sah Minimus aus, als hätte er auf einem ärgerlichen Stachelschwein gesessen. Der *Pfiff* berichtete, er leide an Verstopfung. Und als das heiße Wasser in die Duschen und Wannen eingelassen wurde und auch die Klimaanlagen funktionierten – da war der Jubel auf der Farm der Tiere groß. Was für ein wundervoller Tag! Was für ein großartiger Winter! Und Schneeball war ein wahrer Held!

Fünftes Kapitel

»Zweihundert Pizzen!«, rief eine der Ratten. Und in der Tat: Dies waren die goldenen Zeiten des Überflusses!

Die Überbleibsel des schweinischen Lieferservices waren überall auf der Farm zu sehen. Es war fast unmöglich, an irgendeiner Stelle keine leere Chipstüte oder Keksschachtel auf dem Boden liegen zu sehen. Außerdem ließen auch die menschlichen »Experten« (Klempner und was sonst nicht alles) ihren Müll wie Bierdosen und Zigaretten überall herumliegen.

Weil die Tiere nicht wollten, dass die Menschen ihre Plumpsklos benutzten, gab es überall, wohin man auch trat, Hügelchen und gelbe Pfützen. Auch der Bau hatte zur allgemeinen Unordnung beigetragen – eine Kalkgrube, ein ziemlich hoher Berg von Plastikmüll und zerdepperten Bauteilen, und im Steinbruch hatte sich eine Öllache gebildet.

Der Fortschritt sei überall, sagte eines der Schweine, und die Ratten jubelten ihm zu. Das war Zivilisation! Man hatte sogar ein Schaf gesehen, das die letzten Tropfen aus einer umgekippten Bierdose leckte.

Und all das, schrieben die Ziegen in einem wissenschaftlichen Artikel im *Tagespfiff*, diese stinkenden schwarzen Brühen würden die Erde auf der Farm der Tiere anreichern, und bald hätte die Farm der Tiere die fruchtbarste Erde der ganzen Nachbarschaft!

In Wirklichkeit gab es dafür (Anreicherung, Fruchtbarkeit) überhaupt keinen Grund, denn in diesem Sommer würde es kein Getreide geben. Nicht, dass die Tiere faul gewesen wären oder gar krank – sie dachten nur anders in diesem Jahr. In guten Zeiten wie diesen genossen sie zum ersten Mal, seit sie sich erinnern konnten, den Frühling. Nicht einmal die Vorarbeiter der Schweine konnten sich daran erinnern, jemals zuvor an Nachmittagen im Mai auf dem Rasen gelegen zu haben, um einem Käfer beim Aasrollen zuzusehen. Einfach gesagt, niemand hatte überhaupt irgendetwas wie Ackerbau oder Ähnliches zu tun, weil niemand an die Aussaat gedacht hatte. Wie es aussah, hatte niemand Lust gehabt, zu säen.

Glücklicherweise hatten Schneeball und Thomas den Schweinen den »Riechtest« beigebracht, um echtes Geld von gefälschtem unterscheiden zu können. Und jetzt, wo sie sicher genug waren, um Geldtransaktionen vertrauen zu können, konnten die Schweine die Mühle der Träume verpachten. Die Farmtiere konnten zu diesem Profit auch etwas beitragen, wenn auch nur wenig. Getreide mahlen. Baumstämme zersägen. Alle fanden, das war wesentlich besser als zu pflügen. Es gab auch zu viele Tiere, als dass alle arbeiten konnten – und so dienten die Arbeiten mehr der Zerstreuung, als dass sie wirklich notwendig gewesen wären.

Arbeitet, wenn ihr wollt ...

Filmont der Labrador mochte diese langsamen, warmen Tage. Er hatte sich schon lange von seinen Verletzungen erholt und war nicht nur ein ausgezeichneter Schüler in den Vermenschlichungsklassen (er ging schon ganz manierlich auf zwei Beinen und trug seine Kleidung sehr vornehm), sondern war auch ein guter Arbeiter, wenn Arbeit anlag. Dadurch, dass er jedermann eine Pfote zur Hilfe reichte, und auch durch seine grenzenlose Großherzigkeit war er das vielleicht beliebteste Tier der ganzen

Farm geworden. (Außer Schneeball natürlich – ach ja, und Minimus, um Himmels willen, bloß nicht Minimus vergessen.) In diesen schwülen und faulen Frühlings- und Sommertagen ging Filmont von Stall zu Stall – und trank mit vielen anderen Tieren zusammen aus einem Eimer einen Schluck Wasser, den er regelmäßig mit ein paar Tropfen Whiskey verfeinerte. Und seine Gastgeber redeten mit ihm über ihre Lieben und ihre Sorgen – und dann setzten die Tiere sich zur Entspannung zurück und hörten Filmont zu, wenn er von den Orten erzählte, an denen er als Welpe gewesen war.

Filmont war früher von einem Mädchen mit Namen Madeline Frederick geliebt worden (die er so lange nicht gesehen hatte, dass er annahm, sie sei mittlerweile tot), und sie war absolut überall mit ihm hingegangen. Er erzählte von Karnevalsumzügen und von Jahrmärkten. Und sogar einen Zirkus hatte er besucht und auf dem Schoß der jungen Dame gesessen, während er der Show zusah. Gesegnet sei sie, seufzte er, das waren die alten Zeiten – Zuckerwatte und Räucherwurst und Grilltruthahn.

»Oh, entschuldige«, sagte er zu jedem Schwein, das ihm vielleicht zugehört haben mochte, und zu jedem Vogel, der sich vielleicht angegriffen fühlen konnte. Aber trotzdem – auch wenn man das Fleisch beiseite ließ –, er beschrieb diese Orte, an denen die irdischen Sorgen vergessen waren, äußerst lebendig. Und die Tiere, die noch nie einen Huf in dieses Paradies gesetzt hatten, fühlten auf einmal eine Lücke in ihrem Leben – das mit solch einem Abenteuer noch einmal eine ganz neue Dimension bekommen könnte.

Ja, es gab ein Lachen von ganzem Herzen! Ja, dies könnte ein lachendes Land sein!

Und als Filmont sich an das Lied erinnerte, dass Madeline gesungen hatte, wenn sie ihn auf dem Arm trug, dann dauerte es nicht lange, bis er sich vor lauter Sehnsucht nach diesen Zeiten heiser geheult hatte, und die anderen Tiere wandelten den alten Folksong – einige nannten es »Spiritual« – um in ihr eigenes Lied, das sie von Zeit zu Zeit am Lagerfeuer sangen, wenn sie Regenwürmer grillten.

Ich ging zum Jahrmarkt der Tiere,
Wo Vögel und Hirsche waren,
Der große Waschbär beim Mondenschein,
Der wusch sich sein goldenes Haar so fein.

Der Affe trank das schale Bier
und fiel auf den Elefanten drauf,
Der Elefant nieste und fiel auf die Knie,
Da war der Mönch tot, da war der Mönch tot!

Es stellte sich heraus, dass auch Schneeball unter den Zuhörern gewesen war. Und auch Schneeball lernte – von Filmont und den Tieren. Und so kam es, dass es Mitte Juni einen völlig neuen Tagesordnungspunkt auf der Agenda gab. Schneeball schlug einen Jahrmarkt vor, den die Farm der Tiere veranstalten sollte. Er habe bei rund einem halben Dutzend Lagerfeuern gesessen und den Tieren zugehört, und nun schlug er auch den Namen der Veranstaltung vor – »Jahrmarkt der Tiere«. (Einige Schafe huben sofort an mit »Ich ging zum Jahrmarkt der Tiere ...«, aber sie wurden mit ein paar Bissen von zwei Schäferhunden, die vielleicht genau zu diesem Zweck an der Versammlung teilnahmen, schnell zum Schweigen gebracht.)

Schneeball machte einen ungeheuren Vorschlag:

»Lasst uns die Farm für das Dorf öffnen. So, wie wir die Windmühlen erbaut haben und damit die Farm für den Wind geöffnet haben.«

»Unser Leben«, fuhr Schneeball fort, »wird leicht sein. Unser Profit wird groß sein – und unsere Ausgaben gering. Wo es heute Bäume gibt, werden morgen Laternen stehen. Leuchtende Lampen wie zehn Millionen Glühwürmchen. Die Farm der Tiere wird zum Jahrmarkt der Tiere – ein Land, wo Träume wahr werden. Heiße Bäder, Klimaanlagen – haben wir nicht unsere eigenen Träume erfüllt? Doch, das haben wir! Also, dann lasst uns jetzt daran arbeiten, jedermanns Träume wahr werden zu lassen. Dies wird kein einfacher Vergnügungspark, sondern eine wundervolle Demonstration dessen, was die Einstellung der Tiere ausmacht! Wir werden das mit dem Dorf teilen – unsere Wunder für das ganze Dorf! Und davon werden wir nicht nur unsere Scheunen füllen, sondern auch unsere Mägen und die Mägen unserer Jungen, denn unsere Vision wird uns mit Luxus für alle Tiere versorgen!«

Es gab als Folge Muhen, Wiehern, Schnarren, Quaken und ein Grummeln in der ganzen Runde, und aus den Schafen brach es heraus: »Luxus für alle Tiere, Luxus für alle Tiere!«

Über all das Geschnatter hinweg widersprach Minimus. Aber seine Argumente waren so schwach (wie auch er selbst schwach schien), als wären sie nicht vorhanden. Er nannte den Jahrmarkt einen Zoo. Schneeballs Erwiderung, dass der Jahrmarkt der Tiere bei weitem kein Zoo werden würde, fand bei den Tieren großen Anklang. Sie verstanden, dass Schneeball die Vision eines Themenparks vor Augen hatte – eine Bildungsinstitution, ein Park, der den Menschen den Sieg der Farm der Tiere im wahrsten Sinne begreiflich machen würde und der den Menschen einen Begriff davon geben würde, was es heißt, wenn Tiere frei lebten!

Minimus, der verärgert zwischen seinen Backenfalten hervorguckte, war nicht überzeugt, obwohl er keinen weiteren Widerstand zeigte. Und um die ganze Wahrheit zu sagen, war

Minimus in zunehmendem Maße an den Rand gedrängt worden. Schneeball hatte sich mit der Unterstützung seiner Ziegen wie auch der nächsten Generation der Schweine an alle entscheidenden Machthebel gesetzt. Minimus war mittlerweile weich geworden – nicht nur sein Fleisch, sondern auch sein Gehirn. Es wurde zwar nur selten thematisiert, aber Minimus nahm nur noch selten an den Sonntagsversammlungen teil, und wenn, dann nickte er in den spannendsten Augenblicken ein.

Auf diese Weise hatte Schneeball langsam, aber sicher die Macht von Minimus übernommen. Und Minimus war für Schneeball zum Rivalen geworden. So weit, so klar ... doch was würde geschehen? Minimus war nur noch eine Erscheinung – eine schattenhafte Abbildung an der Rückseite des Stalls. Und doch verblieb eine gewisse Nervosität, da man Minimus natürlich nicht völlig ignorieren konnte, so wie er da ruhig und friedlich an der Wand saß. Minimus wurde immer noch von Rosaauge begleitet, und der hatte immer noch dieses Ich-fresse-euch-alle-wenn-man-es-mir-befiehlt-Gesicht ...

Auf der ersten Sonntagsversammlung im Dezember wurde bekannt gegeben, dass die Farm sich nun dieses ehrgeizigen Projekts des Jahrmarkts annehmen würde, und Schneeball (bei Meinungsumfragen erreichte sein Beliebtheitswert ein Rekordhoch) sagte den Tieren, was er dafür benötigte.

Er brauchte alle Eier, die die Hühner legen konnten – und er würde sie auch noch für einige Zeit brauchen.

Jede Tierart außer eben den Hühnern hatte einsehen können, dass die Farm ihre Ressourcen für die Zwillingswindmühlen ausbeuten musste. Obwohl sie Profit brachten, hatten die Windmühlen noch nicht so viel erwirtschaftet, dass man den Bankkredit, den man für den Bau hatte aufnehmen müssen, schon hätte zurückzahlen können. Schneeball erklärte, ein

»Bankkredit« sei so etwas, wie, wenn man etwas von einem Freund ausleihe, nur dieses Etwas sei Geld und der Freund die Bank. Im Moment reichte das Geld, das man mit den Mühlen verdiente, nur gerade, um diesen Freund zu bezahlen. Die Eier würden dazu benutzt werden, einen neuen Kredit zu finanzieren, den man brauchte, um wiederum Henron zu finanzieren, eine von Schweinen und Hühnern gemeinsam geführte Firma (die Schweine würden freiwillig die Arbeit in der Verwaltung der Firma auf sich nehmen, hieß es), die den Amüsierpark finanzierte. Es tue ihm ja auch Leid, sagte Schneeball in Richtung der Hühner, aber das Getreidemahlen und das Sägen würde eben nicht genügen, um die Rechnungen zu bezahlen.

Die schwarzen Menorca-Hühner gingen schweigend in den Stall zurück. Es war totenstill im Stall, kein Piep der Erklärung, niemand lehnte sich auf – wie sie es damals unter Napoleon noch getan hatten. Die Eier, die sie schon im Nest hatten, schoben sie hinaus. Sie hätten es barbarisch gefunden, jene Eier, die sie bald zu Küken aufgezogen hätten, für Futter für die Farm zu verkaufen. Ihre neuen Eier hätten sie auf das schräge Dach ihres Schuppens gelegt, von dort wären sie direkt auf den asphaltierten Boden gefallen – sie finanzierten gar nichts, und keine Henne musste sich schämen.

Schneeball wandte gegenüber den Hühnern keine Gewalt an, wie es vor Jahren noch Napoleon getan hatte. Minimus berief sich auf Napoleon, und als er kurzzeitig von einer Welle der Popularität gestützt wurde (die Tiere wollten diesen Park!), plädierte er dafür, die aufsässigen Hühner verhungern zu lassen. Aber wo Napoleon ihre Rationen hatte kürzen lassen, erhöhte Schneeball sie im Gegenteil und gratulierte ihnen zu ihrer Standhaftigkeit – und durch die Einwirkung eines bestimmten Huhns (das plötzlich ein außergewöhnlich hübsch geschnittenes Kleid trug) begannen die Vögel plötzlich, ihre

Entschlossenheit zu verlieren. Als sie zu ihren Nestern zurückkehrten, fanden sie einen von Henron gesponserten Butterkeks vor.

Als Nächstes stand die Besetzung einiger hochrangiger Manager-Posten für den Amüsierpark auf der Tagesordnung. Wie immer bei Präsentationen war Hobart der Bulle einfach großartig. Also, dachten die Tiere, »dieses Mal wird sicher Hobart das Rennen machen«.

Aber Hobart machte nie das Rennen.

Der erste Sieger, der auf die Position des Poliers berufen wurde, war ein Huhn, das es nicht einmal geschafft hatte, seinen Ziegelstein anzuheben. In der nächsten Ausgabe des *Tagespfiff* stand dann zu lesen, dass sie als Vorarbeiterin ja auch keinen Stein heben müsse und dass ihr theoretisches Wissen über die Aufgaben in der Tat überaus detailliert sei. Und dennoch, als sie äußerte – um die Schweine und Ziegen zu bestätigen –, dass Ziegelsteine »harte rote Dinger« seien, war niemand wirklich beeindruckt. Auf der Farm machte das böse Wort die Runde, die Hühner würden bevorzugt, weil die Schweine und Ziegen wüssten, dass man ihre Eier benötigte, und schon Temescula sei ausgesucht worden, weil man diesen Plan verfolgt hatte.

Die Schweine und Ziegen widersprachen den Gerüchten natürlich sofort und sehr energisch. Ein Leitartikel im *Pfiff* fragte, ob es nie ein Gerücht darüber gegeben habe, dass die Ziegen bei der Vergabe der Stellen immer in Nepotismus gehandelt hätten, und, so wurde fortgeführt, seien nicht diese Anklagen immer widerlegt worden? Ja, genau, stimmten die Tiere, die lesen konnten (und die wussten, was »Nepotismus« war), zu, ja, es stimmte, dass nicht nur Ziegen die guten Stellen bekommen hatten, denn die letzten beiden Stellen seien eindeutig an Hühner gegangen. Und ein paar Wochen später fragte ein weiterer Leitartikel rhetorisch, ob die Zwillingswindmühlen unter der

Leitung der beiden neuen Manager nicht höchst effizient arbeiteten? Ja, schon, stimmten die Tiere zu, das war wahrscheinlich richtig.

Temescula wusste genau, dass es so war. Als Antwort auf Fragen über ihren Arbeitsplan im *Pfiff* sagte sie, dass ihre Arbeit so effizient sei, dass sie gar nicht zur Arbeit gehen müsse. (Seit sie das gesagt hatte, galt sie bei ein paar Gänsen auf dem Hof als etwas »arrogante Henne«.) Die Tiere bezweifelten allgemein, dass sie, wie sie behauptet hatte, das Wasser erfunden habe. Weder die Schweine noch die Ziegen kommentierten die Vorgänge.

Um dem Vorwurf, nur wenige Arten würden bei der Vergabe von Posten berücksichtigt, zuvorzukommen, wurden in den kommenden Wochen Posten an alle möglichen Tiere vergeben. Ein Schaf wurde Abteilungsleiter »Innovatives Design«. Eine Fledermaus und ein Maulwurf erhielten den Job, die Wege für die Besichtigungstour auszuarbeiten. Und zur Überraschung aller wurde ein Specht »Strategischer Ingenieur«.

Immer, muss man dazu sagen, war es so, dass Hobart hervorragend präsentierte, aber traurigerweise – denn die Schweine mochten Hobart ja sehr – schaffte er es nie »auf die sichere Seite«.

Und dennoch, auch beim Posten »Der, der die Stadt repräsentiert« sah es so aus, als hätte er es dieses Mal geschafft. Filmont der Labrador, der zum ersten Mal an solch einem Wettbewerb teilnahm, hatte auch eine gute Präsentation abgeliefert, und so gut, wie er sich mit den Farmtieren verstand, dachten auch ein paar, Filmont würde das Rennen machen. Sein Verhalten in den Wochen vor der Ausschreibung war so überzeugend, dass er die Bezeichnung »Filmont, der-Labrador-mit-der-positiven-Einstellung« hätte erhalten können. Aber, wie es meistens war, endete auch diese Vergabe mit einer faustdicken Überraschung für die Zuschauer, denn die PR-Stelle wurde an ein Schaf namens

Elsworth vergeben, das nie viel zu sagen hatte (noch nicht einmal in seiner Präsentation), das aber immer überaus freundlich war (»Wie? Oh, toll!«).

Wieder einmal begann eine Diskussion, ob wirklich das am besten geeignete Tier gefunden worden war. Thomas die Ziege erinnerte die Tiere, dass es bei Öffentlichkeitsarbeit nicht darum ginge, der Allerbeste zu sein, sondern, im Gegenteil, derjenige, der sich überall einmischt, und das genau war Elsworth das Schaf. Schneeball fügte hinzu, wie gut die Schafe waren, wenn es zum Beispiel darum ging, die Menge bei den Zwillingsmühlen in den Griff zu bekommen. Die Tiere versuchten, sich daran zu erinnern – vergebens. Und Benjamin, der sich in der Regel an alles erinnern konnte, schwieg, so dass die Tiere, die von Schneeball die Fakten gehört hatten, natürlich annahmen, dass es wahr sei. So wahr wie ein kalter Regen an einem heißen Tag.

Aber in jener Nacht, es war eben jener Sonntag seiner Ernennung, war Elsworth von einem Unbekannten in den Nacken gebissen worden und zu Tode verblutet sowie teilweise angefressen worden. Die Reste des Körpers wurden am frühen Morgen gefunden. Die Mordtat – es war die erste, soweit man sich erinnern konnte – wurde nie aufgeklärt. (»Oh, toll!«, lautete die Schlagzeile auf Seite eins des *Tagespfiff.*) Man vermutete, dass der Täter ein einsamer Wolf war, der diesen sinnlosen Akt von Gewalt verübt hatte, einfach weil er gerade hier an der Farm vorbeigekommen war.

Eine Kuh namens Glocke hatte ihr Leben, wie passend, der Erfassung aller unterschiedlichen Glockentypen gewidmet, die eine Kuh tragen konnte (Messing, Eisen oder Stahl). Sie ersetzte das gefallene Schaf auf der begehrten Position. Glocke erhielt eine Kuhglocke aus echtem Silber. Und genau das, sagten die Schweine, war echtes Marketing!

Elsworth das Schaf wurde zum Tierheld Siebter Klasse ernannt, und die sterblichen Überreste seines Körpers wurden vom örtlichen Metzger abgeholt. Er hätte es so gewollt, sagten die Schweine.

Die nächste Position, die besetzt werden musste, war die des »Scout«, und zum ersten Mal wurde ein Posten ohne Ausschreibung vergeben. Den Job erhielt eine Taube, die die Umgebung nach möglichen Attraktionen für den Park absuchen sollte. Wie es für Tauben typisch ist, war die Taube ziemlich aushäusig – sie führte an vielen Kreuzungen Interviews und schaffte leicht und locker eine Strecke von zehn Kilometern pro Tag. Auf diese Weise machten die Farmtiere etliche Entdeckungen und auch Propaganda. Viele Tiere suchten ihre Freiheit auf der Farm der Tiere, und außerdem machten sich viele Schausteller auf den Weg zur Farm der Tiere, die bald der Jahrmarkt der Tiere sein würde.

Unter den Ankömmlingen war auch eine hübsche Eselin mit dem Namen Esmeralda. Sie war nicht mehr jung, aber auch noch nicht alt – und hatte die freundliche Aura und die Klugheit einer Mutterstute. Ihr kleiner Sohn Kip war ein ziemlich unruhiger Jugendlicher – der seinen Vater nie gesehen hatte. Benjamin, den emotional eigentlich nichts aufregen konnte, zeigte den beiden gegenüber eine wunderschön anzuschauende Großherzigkeit, die die Tiere sich früher nie an ihm hatten vorstellen können. Er war so zärtlich und fürsorglich mit der Mutter und ihrem Sohn, dass ein paar sentimentale Gänse ein paar Tränen der Rührung verdrückten ob der einsamen Mutter mit dem vaterlosen Kind.

Und nicht nur die Gänse – auch Esmeralda selbst fand den alten Benjamin und seine Höflichkeit sehr rührend. Sie hatte schon seit Jahren außer ihrem Sohn keinen anderen Esel mehr gesehen.

Esmeralda war eine Rechenkünstlerin, sie konnte jede Aufgabe, die man ihr stellte, in Sekundenschnelle lösen. Die Tiere freuten sich auf den Tag, an dem sie zum ersten Mal ihre Kunst vorführen würde – das würde diesen Menschen zeigen, dass ein Tier genauso viel wert war wie sie! Dem *Tagespfiff* war das zwar nicht gerade eine Schlagzeile wert, aber Esmeralda würde eine der vielen Entertainer sein, die als Zugpferde in der »Großen Show« auftreten sollten. Die Showstars deckten viele Bereiche ab – Esmeralda war das Rechengenie, dann gab es noch Tiere wie die Ente mit nur einem Flügel, die Kaugummi aus Fell entfernen konnte und die eigenartigerweise Wurm hieß. Und alle Tiere waren Teil dieses Triumphs!

Weil alle Tiere den Triumph jedes anderen Tieres wollten, ging eine große Welle der Solidarität durch die Farm. Die Hymne *Jahrmarkt der Tiere* erklang in diesen Tagen sehr häufig und sehr laut. Jedenfalls bis eine Ratte eine schockierende Entdeckung machte. Die Blaupausen der Zwillingswindmühlen waren an Mr. Frederick von der Knickerwald-Farm verkauft worden. Und zwar vermutlich durch ein Tier! Trotz einer umfangreichen Untersuchung wurde die Identität des Verräters-aller-Tiere nicht festgestellt. Die Schweine jedoch argumentierten – und das überzeugte einen Großteil der Tiere –, dass es wohl nicht Mr. Frederick selbst war, denn die Schweine befanden sich bereits im Rechtsstreit mit ihm, und ihm war per Gerichtsbeschluss untersagt worden, einen Fuß auf die Farm der Tiere zu setzen. Falls er – oder Pilkington, für den das Gleiche galt – es doch tun würde, würden die Tiere diese Unmenschen grausam bestrafen!

Minimus jedoch hatte das Gefühl, dass er schon zu viel runtergeschluckt hatte, er hatte seinen Scheidepunkt erreicht. Er war unüberzeugbar – und unbeweglich. Die Sache mit dem

Verräter brachte die Meinungsverschiedenheiten mit Schneeball zum Höhepunkt. Das war der Tropfen, der das Fass zum Überlaufen brachte. Schneeball, der die weitere Untersuchung den Hunden übergeben hatte, sah keine direkte Gefahr für die Farm der Tiere, und auch keinen Grund für unnötige Sorgen. (Wer brauchte schon unnötige Sorgen?) Minimus aber ließ der heiße Atem des Verräters in seiner Nähe keine Ruhe, und er wollte jedes einzelne Farmtier verhören, bis der Verräter gefunden und der Justiz, sprich den Hunden, übergeben worden war. Minimus wollte den Verräter am liebsten eigenhändig in Stücke reißen, und zwar möglichst bald – während Schneeball mit anderen Projekten beschäftigt war.

»Der Jahrmarkt der Tiere muss weitergehen«, sagte Schneeball. »Hört nicht auf zu arbeiten, und macht euch keine Sorgen. Wir kümmern uns darum.«

Und genau das geschah auch – die Tiere hörten nicht auf zu arbeiten, sie machten sich keine Sorgen, und was immer auch herauskommen mochte (sicher etwas Gutes), sie überließen ihre Sicherheit voll und ganz den Hunden und den Schweinen.

Minimus, der sich nicht mehr so schnell fortbewegen konnte, wie er eigentlich wollte, war trotzdem mit der Lösung dieser Aufgabe betraut worden: polizeiliche Ermittlung und Verteidigung. Das Ausgezeichnete Schwein trug einen Helm im Soldatenstil und nannte sich den Generalschutzbevollmächtigten.

Sechstes Kapitel

Die Kerosin-Technologie war ein kolossaler Fortschritt für die Biber gewesen – ihre Forschung kam voran, und der Verlust von Leben jedes Frühjahr konnte stark reduziert werden.

Außerdem hatten die Biber das Gefühl, dass sie mit ihren kerosinbetriebenen Anti-Fallen-Fallen auch einen Teil dazu beitrugen, ein paar Feinde von den Knickerwald- und Fuchswald-Farmen zu beseitigen. Die Schweine-Farm hatte die beiden mit ihren Prozessen angegriffen, und es war nicht unwahrscheinlich, dass die beiden grundüblen Regime eines Tages dran glauben mussten.

Auf der anderen Seite war das Problem, wer den Bach beherrschte, immer noch ein wichtiges Thema für die Wirtschaft und die Kultur des Waldlandes. Die Schweine-Farm hatte, anstatt einen neuen Damm zu zerstören, den Bibern eine erkleckliche Summe dafür bezahlt, dass die Biber den Wasserlauf auf ihrem Territorium nicht mehr behinderten. Dass die Biber diese Zahlung angenommen hatten, war streng genommen ein Kompromiss mit den Lehren der Alten Biberwelt und griff eigentlich auf nicht erlaubte Weise in die Autarkie der Biber ein – aber die Einnahmen waren unverzichtbar für die Biber, wenn sie ihr langfristiges Ziel erreichen wollten: Die Rückkehr zu den Lehren der Alten Biberwelt.

Um dieses Ziel nicht völlig aus den Augen zu verlieren, hatte man Präriehunde und wilde Katzen als Berater ins Land geholt, um die Vergrößerung der Bunker zu beaufsichtigen; und auch um Hinweise zu bekommen, wie man die größeren Mengen an Kerosin richtig in diesen Bunkern lagerte, ohne dass Gefahren von ihnen ausgingen. Die Biber, deren Großfamilien beim Sprengen mit dem gefährlichen Material stets anwesend waren, profitierten nicht von dem Handel. Das wurde den Tieren des Waldlandes in einer per Megaphon übertragenen Nachrichtensendung, der *Biberiada*, öffentlich erklärt. »Die Biber verdienen nichts am Kerosin-Handel.« Die Biber lebten einfach in besseren Verhältnissen als die anderen Tiere des Waldlandes, und sie aßen bessere Nahrung als diese. Sie konnten verschwenderisch mit ihren Ressourcen umgehen. Das war natürlich angenehm. Wenn ein Tier sich vorstellte, es würde verhungern, kam von irgendwo so ein plumper feuchter Biber daher und ließ vor einem einen Sack Futter fallen, weil er glaubte, das habe in den Lehren der Alten Biberwelt gestanden. Man musste also nur noch schnell genug sein, damit nicht irgendeine andere hungrige Schnauze einem zuvorkam und das Futter auffraß.

Im Großen und Ganzen waren die Vermögenswerte im Waldland so beschränkt, dass das durchschnittliche Waldland-Tier nicht viel zu sehen bekam von der Finanzhilfe der Schweine-Farm. In Wirklichkeit arbeiteten die Waldland-Tiere mit dem Aufstellen all der Kerosin-Anti-Fallen-Fallen bedeutend länger als früher. Außerdem waren diese Anti-Fallen-Einheiten ein ziemlich gefährliches Geschäft. Manchmal verschwand ein Tier spurlos nach einem fehlerhaften Kerosin-Einsatz und hinterließ nicht mehr als den typischen Wildtiergeruch. Diso lobte dann auf *Biberiada* den Einsatz des Tieres, nannte den Tod dieses Soldaten heldenhaft.

Und doch war es so, dass Fragen auftauchten, zuerst in schüchternem Flüsterton, ob die Kerosin-Technik nicht irgendwie ein Bruch mit der alten Biberlehre war. Diso, der in diesem Punkt hart blieb, versicherte, dass jede defensive Handlung (besonders das Zuschnappenlassen einer möglicherweise tödlichen Falle) ganz und gar nicht im Widerspruch zur Alten Lehre stand. Und um nicht nur die theologischen Fragen der Zweifler zu entkräften, sondern auch die handfesteren Ängste derjenigen, die ihre Selbstauslöschung befürchteten, erzählte Diso von den 1600 jungfräulichen Birkenschösslingen, die auf die Gläubigen im Himmel warteten – besonders auf diejenigen, die aus den richtigen Gründen gestorben waren, wie zum Beispiel beim Fallenstellen. (Denjenigen, die beim Versprechen von Birkenschösslingen auf dem Kandiszucker-Berg kein Verlangen gezeigt hatten, versprach er 1600 frische Raupen oder 1600 Brombeerbüsche oder auch 1600 Fliegenmaden oder Ohrwurmlarven, je nach Geschmack.)

Es wunderte dementsprechend nicht sehr, dass einige sehr aktiv glaubten, einige glaubten gar nicht, und einige glaubten nicht besonders, aber doch ein bisschen. Die meisten Tiere allerdings wollten mit dem Glauben nichts zu tun haben, sie taten einfach, was man ihnen befahl. Diso und seine Offiziere gingen mit Ungläubigen nicht besonders tolerant um. Zögern. Meinungsverschiedenheit. Wenn man auf einem glücklichen Pfad ging und eine schwitzende Wühlmaus traf, die einen drei Meter langen Ast auf einen neun Meter hohen Baum schleppte – okay, dann hatte man jemanden gefunden, der glaubte.

In dem andauernden Krieg gegen Fuchswald und Knickerwald waren die Biber also geistig und intellektuell schwer auf Sieg eingestellt, und die Waldland-Tiere waren hoch motiviert. Für die Waldland-Tiere verhieß der Sieg eine Lösung – und zwar eine Lösung, die Schluss machte mit den Pelzfallen und all dem damit verbundenen Horror. Kaum jemand konnte vergessen, wer für die Todesfälle unter den Waldland-Tieren verantwortlich war, und um das zu unterstützen, brachten die Biber auf *Biberiada* wiederholt Berichte von Müttern, Vätern, Söhnen und Töchtern, die sich selbst ihre Knochen gebrochen hatten, um aus den Todesfallen zu entkommen. Genauso traurig, wenn nicht noch trauriger, waren Berichte von den Unglücklichen, die nicht zu fliehen versuchten und, unter unerträglichen Schmerzen, einfach auf ihre menschlichen Henker warteten. Manchmal warteten sie eine Woche.

Die Biber waren bereits erregt, aber mit seiner typischen indoktrinierenden Rhetorik setzte Moses den Bibern immer weiter zu, indem er erzählte, wie gut es den Schweinen auf der Schweine-Farm ging – und kein einziges von ihnen glaubte an den Kandiszucker-Berg! Zwar lebten die Biber vielleicht luxuriös im Vergleich zu den anderen Waldland-Tieren, aber im Verhältnis zu den Schweinen war das alles nur unterster Standard. Trotz der Salatköpfe, gerösteten Nüsse und dem frisch gepressten Rote-Bete-Saft glaubten die Biber, dass das Leben im Prinzip hart war – und glaubten lediglich, dass nach ihrem Tod ein süßes Leben auf dem Polarstern auf sie wartete.

Aber während die Biber in den Wäldern waren, wo sie enthaltsam lebten (keine Torte), damit sie im Leben nach dem Tode in den Himmel auffahren konnten, hatten die Farmtiere ihre Freude an heißen Bädern und elektrischen Heizungen – ohne an irgendwelche Lehren zu glauben. Die Farmtiere waren Hedonisten, die herumsaßen und Gase entfleuchen ließen. (Um es genau zu sagen, hatten die Biber Recht, wenn sie sagten, jegliche Ausscheidung, auch Methan, war für Schweine, rein von der Menge her gesehen, ein Zeichen für Erfolg.)

Am Horizont konnten die Biber die Zwillingswindmühlen sehen, die die ganze Umgebung dominierten. Sie waren, auch wenn sie still standen, eine immerwährende Mahnung. Die

Biber konnten nicht wegschauen. Die Zwillingswindmühlen waren ein Symbol nicht nur des Wohlstands, sondern auch der Unterdrückung. Die Biber starrten dorthin – neidisch, selbstgerecht, wütend und entschlossen.

In den nächsten Monaten verließen viele Mäuse, Maulwürfe, Eichhörnchen, Hasen, Frösche und andere Waldland-Tiere (die bei weitem nicht so standhaft und überzeugt waren wie die Biber) das Waldland und emigrierten – auf die Farm. Die Schweine-Farm. Es schien, dass die Möglichkeit, woanders von vorne zu beginnen, in einem beheizten Stall, überwältigend war. Es war allgemein bekannt, dass die Tiere auf der Schweine-Farm fett waren, faul und korrupt, und so kamen die anderen Tiere auf die Idee, sie könnten auf der Schweine-Farm erfolgreich sein – wenn sie hart arbeiteten. Das war einfach zu viel Versuchung für einen Maulwurf, als dass er widerstehen konnte. *(Ich arbeite doch hart*, dachte solch ein Maulwurf, *und ich kann sicher mehr arbeiten als ein Tier, das fett, faul und korrupt ist.)* Im Waldland sprach man häufig darüber, dass die Tiere auf der Schweine-Farm so wenig Hirn hätten, dass man ihnen drei Beine abkauen könnte und sie würden trotzdem in einer Falle hängen bleiben. Ganze Familien machten sich auf, packten ihre Siebensachen, murmelten »nie mehr graben« zu ihren Nachbarn und machten sich auf zur Farm der Tiere.

Die Waldland-Tiere, die zurückblieben, hockten auf dem Großen Felsen und starrten auf die Zwillingswindmühlen in der Ferne. Und entweder wurden sie wütend auf die Biber, die an alte Lehren glaubten, oder sie machten eigene Pläne, in das Land voller Hoffnung zu emigrieren.

Auch die Biber hockten bisweilen dort oben und sahen die Farm in der Ferne. Häufig, wenn sie auf dem Großen Felsen saßen, kam Moses der Rabe herbeigeflogen und erzählte ihnen von der Ära der Biber und erinnerte die Biber an ihre alten

Lehren. Für die Lehren der Alten Biberwelt zu sterben, sagte Moses mit zitternder Stimme, brächte sie sofort zum Kandiszucker-Polarstern, dieser Oase der Glückseligkeit im Nachthimmel, wo die Tage sorgenfrei waren und es immer genügend Früchte gab und wo die Bienen keine Stachel hatten.

Unter der Führung von Moses dem Raben wurden die Biber immer frommer, und ihr Stolz wurde ebenso groß wie ihre Wut. Die Tiere der Schweine-Farm gingen jetzt auf zwei Beinen. Die Biber, die so standhaft waren in ihrer Lehre, waren sehr ärgerlich. Zwei Beine schlecht, vier Beine gut, hatte Moses ihnen erklärt, und außerdem wusste jeder, dass diese Lehre eine uralte Weisheit aller Tiere war.

Bald mussten auch die Vögel des Waldlandes auf allen vieren gehen oder durften ausnahmsweise mit ihren Flügelspitzen beim Gehen den Boden berühren.

Siebtes Kapitel

Die Farm der Tiere baute ein riesiges Volksfest auf – eine große Show mit elektrischen Lichtern und allen möglichen Vergnügungen. So mühelos die Errichtung der Zwillingswindmühlen in der Erinnerung gewesen war, so viel einfacher ging der Bau des Themenparks im Nachhinein von der Hand – und vor allem schneller. Man konnte es nicht abstreiten – die Farm der Tiere war ein Riesenerfolg. Man hatte hier nicht nur den höchsten Lebensstandard von allen Bauernhöfen, sondern es war auch eine Farm, die Freiheit versprach – und die außerdem ein Volksfest mit unendlichen Möglichkeiten hatte. Wenn man hier den Wald gerodet hatte, wurden die Baumstämme mit Hilfe eines Motors, der mit der Kraft der Mühlen betrieben wurde, zu Bauholz zersägt – es lag Industrie in der Luft!

Das alles zog neue Tiere an wie Nektar die Bienen!

Es gab Maulwürfe, Wühlmäuse, Stachelschweine, Spitzmäuse, Ratten, Eichhörnchen, Wiesel, Hasen, Kaninchen, Füchse, Kröten, Frösche, Eidechsen, Schlangen, Tauben, Enten, Gänse und die Dachse, die, weil sie ein extrem hartes Leben gehabt hatten, von allen gemocht wurden, außer von den Wühlmäusen, die im Gegensatz zu all den anderen eher extrovertierten Tieren eine introvertierte Persönlichkeit besaßen und die anderen daher ordinär, laut und dumm fanden. Es gab natürlich noch viele andere Tiergattungen und auch genauso viele Feindschaften und Rivalitäten, einige, die schon seit Jahrhunderten bestanden, und andere, die erst in der letzten Zeit entstanden waren. Und so wie es ein paar ziemlich beliebte Tiere gab, wie die Dachse, so gab es auch weniger beliebte Tiere, wie die Ratten. Und ganz egal, wie oft der *Tagespfiff* auch Artikel darüber veröffentlichte, dass die Schädlinge in Wirklichkeit sehr wertvolle Tiere waren, und auch ungeachtet der Tatsache, dass der Park einen absolut aufgeräumten Eindruck machte, so konnte die Gruppe der *Rattus rattus* ihren Ruf, schmutzig und gefährlich zu sein, nicht loswerden.

Es gab auch andere spezifische Animositäten, beispielsweise konnten sich die Pferde und Kühe nicht daran gewöhnen, dass sie mit Schlangen zusammenleben mussten. (Es hatte einen Vorfall im Stall gegeben, bei dem eine unschuldige Schlange fast ihr Leben verloren hätte, und die Antipathie der Pferde und Kühe gegen die Schlangen wurde seitdem von Seiten der Schlangen erwidert.) Die Hühner konnten den Füchsen nicht vergeben, dass diese noch vor wenigen Jahren ihre Eltern umgebracht hatten, so wenig wie die Hasen das Gleiche den Hunden wirklich verzeihen mochten. Aus verständlichen Gründen wollte niemand so recht etwas mit den Stachelschweinen zu tun haben, die eigentlich ganz nette Tiere waren, wenn man sie kennen lernte, aber trotzdem waren sie nicht die Art Freunde, deren Nähe man suchte. Die Fledermäuse, die die Nachtwache übernommen hatten, waren auch nicht allzu beliebt. Auch die wenigen Biber, die auf der Farm lebten, standen meist abseits, weil niemand so recht etwas mit diesen langzahnigen Kreaturen zu tun haben wollte.

Einige sahen in den Neuankömmlingen eine dunkle, wütende Meute – während andere wieder ganz anderer Meinung waren. Die Schweine trugen zu diesem Streit nur wenig bei – sie veröffentlichten in den offiziellen Medien lediglich hin und wieder einen Artikel, dass sie, und das unterstrichen sie regelmäßig durch die Besetzung der vakanten Stellen, eine Vielzahl von Arten und Gattungen begrüßenswert fanden. Und trotzdem schien es häufig so, als seien die Neuen nicht richtig an die Sitten und Traditionen auf der Farm gewöhnt. Das war zwar vielleicht nicht überraschend, aber die meisten der Farmtiere konnten sich nun einmal nicht mehr daran erinnern, wie schwierig der Eingewöhnungsprozess für sie selbst gewesen war – als sie selbst gelernt hatten, auf zwei Beinen zu gehen oder Kleidung zu tragen. (Manchmal hörte man einen schlechten Witz über die »Dummlinge«, z.B. den: Warum machen die Dummlinge nie länger als 15 Minuten Pause? – Weil sie nicht wieder neu angelernt werden wollen!)

Aber unabhängig von derlei Hindernissen verlief der Zustrom der vielen neuen Tiere auf die Farm der Tiere meist äußerst friedlich. Sie lernten, auf zwei Beinen zu gehen, sie gewöhnten sich daran, Kleidung zu tragen, und nach einer Weile hatten sie sich völlig an das Leben auf der Farm der Tiere angepasst. Was immer ein Tier auch sagte, es war nicht zu leugnen, dass die Neuankömmlinge in der Regel gute Arbeitstiere waren. Die meisten von ihnen erledigten Arbeiten, die die »alten« Farmtiere nicht mehr ausführen wollten. Toiletten der Menschen reinigen, zum Beispiel, oder die Fenster im großen Stall putzen ... Es war schwierig, nicht ein paar der Neuen auch zu bewundern, denn etliche von ihnen waren eigentlich zu gut ausgebildet, um solche einfachen Arbeiten zu tun. Außerdem lebten sie in selbst gezimmerten Baracken am feuchten Rand der großen Wiese. Und dort zu leben, ohne warmes Wasser oder Strom, das bedeutete schon etwas.

Na ja, meistens.

Es gab ein paar Strauße, deren Eier von Bauern aus dem Dorf gekauft wurden. Von diesen Straußen sagten die Tiere gerne, sie seien zu dumm zum Brüten. Man hatte gedacht, dass solch exotische Tiere sicher ein ausgezeichneter Programmpunkt auf dem Jahrmarkt sein würden. Aber die Strauße waren zu dumm, um zu verstehen, dass sie frei waren, sie versuchten ständig davonzulaufen. Ein Rudel Hunde wurde ihnen als Eskorte zur Seite gestellt – nicht nur, um die Investition zu schützen, sondern auch, um die Strauße vor sich selbst zu schützen. (Ein Strauß, auf sich selbst gestellt, würde völlig unfähig sein, etwas so Wichtiges wie Nahrung und Schutz zu finden.) Auf dem offenen Feld jedoch konnten die Strauße ihren Beschützern regelmäßig entkommen – sie liefen ihnen einfach davon. Niemand wusste, was sie auf diese Weise erreichen wollten, denn meistens liefen sie irgendwo gegen einen elektrischen Zaun und fielen bewusstlos zu Boden, denn rings um die Farm der Tiere waren zum Schutz der Tiere diese elektrischen Zäune gezogen worden.

Die verkohlten Vögel waren ein fortwährender Anlass für Unbehagen. *Da geht schon wieder so ein dummer Strauß. Wird er gleich beginnen zu laufen? Er sieht aus, als wäre er mit dem Gesicht in eine Bratpfanne gefallen.*

Die Tiere diskutierten im *Tagespfiff*, ob die Strauße tatsächlich ein Ziel hatten, wenn sie davonliefen, oder ob sie lediglich den elektrischen Zaun so sehr mochten. Mitunter behauptete auch jemand, dass dieses fortgesetzte Grillen ein Wettbewerb unter den Straußen sei, der zeigen sollte, wer der Stärkste war. Wer konnte am stärksten gegen den Zaun laufen? Wer konnte den Strom am längsten ertragen?

Nach allem, was die Schweine für sie getan hatten! Diese blöden Strauße!

Um den Tieren dieses grausame Spektakel zu ersparen, wurden die Strauße umgesiedelt und bezogen ein paar Ställe am Rande der Farm. Und weil dieser Bereich mit einem eigenen

Elektrozaun umgeben wurde, wurde, abgesehen von gelegentlichen Geräuschen, die wie Ssssst klangen und denen ein ordentlicher Plumps eines 150-Kilo-Vogels folgte, niemand mehr von den Straußen belästigt. Auf den Zaunspitzen hingen immer ein paar Federn.

Diejenigen Schweine, die weniger nachsichtig mit den Vögeln waren, wurden wütend über diese sinnlose, dumme Schande für alle Tiere. Am zornigsten – und am wenigsten zu besänftigen – war Minimus. Das Ausgezeichnete Schwein schrieb einen Leserbrief im *Tagespfiff*, der von der schweigenden Mehrheit der Tiere sofort positiv aufgenommen wurde, gab er doch ihrem Groll gegen diese Neuankömmlinge eine Stimme.

Einige der Farmtiere forderten sogar eine Ausweisung der Neuen. Aber trotzdem, einige der Neuankömmlinge wurden von den Tieren bereits so sehr gemocht, dass niemand, auch nicht diejenigen, die sofortige Taten verlangten, wirklich wollte, dass sie wieder gingen. Wie konnte jemand Esmeralda den rechnenden Esel vertreiben wollen oder ihren Sohn Kip? Außerdem hatten die Neuen, so wie Esmeralda, ein paar Fähigkeiten, die den Farmtieren bisher gefehlt hatten, und ein paar andere erledigten Arbeiten, die sonst niemand tun wollte. Es gab aber auch ablehnende Stimmen unter den Tieren, die vorbrachten, dass jede Arbeit, die ein Neuankömmling tat, gut auch von einem der Alteingesessenen getan werden könnte, und diese besonderen Fähigkeiten – sollten die Neulinge doch den Farmtieren, die das lernen wollten, ihre Tricks beibringen.

Es war vermutlich Minimus, der die Gedanken der Tiere am besten formulieren konnte. Er verteilte die Flugschrift selbst.

Die Farm der Tiere den Farmtieren

Bei der ersten Sonntagsversammlung, die auf die Verteilung dieses Flugblattes folgte, erfüllte Rosaauge seine Pflicht als Nächstes Ausgezeichnetes Schwein und verlangte eine Abstimmung der Farmtiere (die alten Farmtiere waren als Einzige stimmberechtigt), ob man die Neulinge auf der Farm behalten wollte oder nicht. Es lief hinaus auf ein Entweder-oder – entweder verjagte man die Neuen oder würde sie für immer auf der Farm dulden. Sollten die Neulinge bleiben dürfen, würden sie als vollwertige Mitglieder der Farm anerkannt werden müssen, und sie sollten auch das Stimmrecht für Angelegenheiten erhalten, bei denen die Tiere normalerweise abstimmten durften – zum Beispiel, ob man die Stalltüren rot streichen sollte (die Farmtiere fühlten sich sehr geschmeichelt, dass sie bei einer solch wichtigen Frage wie der Immigration abstimmen durften).

Ehe die Stimmzettel ausgezählt wurden, sprach Minimus darüber, wie viele Ratten abgestimmt hätten und dass die Ratten seit langer Zeit auf der Seite der Gegner der Farm der Tiere stünden. Und als die Tiere die Ratten betrachteten (auch die Mäuse, muss man bei dieser Gelegenheit erwähnen), konnten sie sehen, dass in ihren Gesichtern tatsächlich irgendetwas Verschlagenes war. Schneeball hingegen ergriff Partei für die Opposition und sprach davon, dass alle Tiere eine faire Chance haben sollten – und wie sehr er dazu beitragen wolle und dass er auch wolle, dass alle Tiere dazu beitragen wollten, dass man den Neulingen eine Chance gäbe.

Eine Ziege erklärte den Wählern, dass sie ein »Ja« für »bleiben« ankreuzen sollten und ein »Nein« für »weg«. »Ja für bleiben, nein für weg«, wiederholten die Schafe.

Und dann machten, wie immer, die Schafe sich auf durch den Stall, und die Tiere warfen ihre Wahlzettel in die Wahlkiste. Die Ziegen, die Notizblöcke trugen, lasen die Wahlzettel laut vor.

»Ja.«

»Nein.«

»Ja.«

»Nein.«

»Nein.«

»Nein.«

»Ja.«

Dutzende Stimmen durchflogen den Stall. Wie die Ziegen hier den Überblick behielten, war ein Wunder – aber binnen weniger Minuten waren die Stimmen ausgezählt.

»Alle Stimmen sind abgegeben«, sagte Schneeball, der auf dem Podest stand und von einem Notizblock vortrug. »Einhundertdreiundachtzig Stimmen für ›Ja‹ und einhundertdreiundachtzig Stimmen für ›Nein‹.«

Was bedeutete das?, fragten sich die Tiere. Und flüsterten einander zu:

»Unentschieden, unentschieden!«

»Ja«, sagte Schneeball und hob seine Füße in die Höhe. »Es ist ein Unentschieden. Aber ein Tier hat noch nicht abgestimmt.«

Die Tiere hielten den Atem an – *Wer? Wer hat noch nicht abgestimmt? Wer wird die entscheidende Abstimmung entscheiden?*

Es war Filmont der Labrador, der den Nichtwähler ausfindig machte:

»Benjamin!«

Die Tiere, besonders die Gänse, flüsterten:

»Benjamin!«

»Benjamin!«

»Benjamin!«

Und Schneeball zeigte mit dem Huf auf den Esel und sagte: »Benjamin.«

Alle sahen den Esel an, der in seinem Verschlag stand und den Kopf gesenkt und die Augen geschlossen hatte.

Benjamin hatte sich immer zurückgehalten, wenn es um den Prozess der Entscheidungsfindung auf der Farm gegangen war. Er sagte nur, dass es ein hartes Leben sei. Er hatte sich immer geweigert, abzustimmen. Gut, die Angelegenheiten bisher waren weniger wichtig gewesen, zum Beispiel, ob man das Blumenbeet gießen sollte, wie hoch das Wasser des Springbrunnens spritzen sollte. (Wenn man darüber nachdachte, war noch nie etwas Wichtiges zur Abstimmung gelangt. Nein, dachten die Tiere, das konnte nicht sein. Sie konnten sich wohl nur nicht daran erinnern.) Aber trotzdem – obwohl die Angelegenheit wichtig war –, würde Benjamin heute wählen?

Würde er die entscheidende Stimme abgeben?

»Benjamin?«, fragte ihn Schneeball.

Benjamin stand neben seiner neuen Freundin (seiner neuen, überraschten Freundin) Esmeralda, dem rechnenden Esel, und ihrem Sohn Kip, deren beider Zukunft – wie auch die der Ratten, Eichhörnchen, Dachse, Fledermäuse und all der anderen Neuankömmlinge – von dieser Abstimmung abhing.

Esmeralda und Kip sahen Benjamin mit feuchten Augen an. Benjamin sah Esmeralda und Kip mit feuchten Augen an.

Und dann hob der alte Esel seine Ohren und seine Schnauze. Und der ganze Stall hielt den Atem an, als Benjamin sprach:

Wie – ja für bleiben oder nein für weg?

Und nach langem Überlegen floss ein Tränenstrom über die Spitze seiner Nüstern, und Benjamin flüsterte das Ergebnis seiner Überlegung:

»Ja, sie bleiben. Sie bleiben alle.«

Esmeralda stieß Benjamin liebevoll an. Kip stieß Esmeralda an. Und alle Tiere, die wollten, dass die Neuankömmlinge blieben, brachen in Jubel aus. Und alle Tiere, die wollten, dass die Neulinge nicht bleiben sollten, stießen einen tiefen Seufzer aus. Und die Neuankömmlinge – sie schrien und tanzten vor Freude. Und nachdem man gemeinsam *Jahrmarkt der Tiere* gesungen hatte, das nun auch offiziell die alte Hymne *Tiere der Erde* abgelöst hatte, wurde die Versammlung aufgelöst.

Am nächsten Tag gingen ein paar Gänse, die, zufällig, die Mehrzahl des Küchenpersonals in Minimus' Dienerschaft ausmachten, vom alten Farmhaus von Mr. Jones zum Stall und machten einen gehörigen Krawall. *Die Farm der Tiere den Farmtieren!*

Sie beschwerten sich, dass die Farm jetzt auch für Neulinge zugänglich gemacht worden sei und dass ihre Stimmen nicht gezählt worden seien. Esmeralda wurde befragt, weil man von ihr wusste, dass sie alles ohne großes Aufhebens rechnen konnte, und sie könne das doch alles ganz leicht nachprüfen. Aber Esmeralda gestand, dass sie gestern vor Aufregung leider überhaupt nicht mitgezählt hätte. Es tat ihr Leid.

Minimus war für einen Kommentar nicht erreichbar, berichtete der *Tagespfiff*.

Für die Einwanderer wurde ein neuer Klassenraum gebaut – und es gab ein neues Unterrichtsfach. In diesem Klassenraum wurden während der nächsten sieben Wochen die Neuankömmlinge initialisiert – man erzählte ihnen, was der Tierismus sei, was die Fahne bedeute und so weiter.

»Die Fahne steht für unseren grenzenlosen Glauben in die Farm der Tiere«, wiederholten die neuen Farmtiere, hielten ihre Hufe oder was immer sie als Hände hatten, wenn sie auf zwei Beinen gingen, an ihr kräftig schlagendes Herz und dröhnten stolz die Worte, die sie neunundvierzig Tage lang jeden Tag dröhnten:

»Das Grün steht für den großen Reichtum dieser Farm – Felder voller Klee für jedermann! Hufe, Horn und Flügel stehen für alle Tiere auf der Farm, die auf dieser Farm, wenn sie zusammen arbeiten, eine großartige Zukunft haben. Es ist nicht wichtig, ob ihr lila, gelb oder orange seid – diese Farm gehört uns!«

»Außerdem«, schrie eine Ratte, die beim Gelöbnis, das an der historischen alten Stallmauer stattfand, ein bisschen zu eifrig war, »außerdem steht grün für Geld! Geld, Geld, Geld!«

So unangemessen dieser Ausbruch war, so entsprach er doch genau dem Gefühl, das die meisten Farmtiere hatten und natürlich die neuen Farmtiere auch, denn es gab seit geraumer Zeit Gerüchte, dass jedes von ihnen (nicht nur die Schweine und Ziegen) bald ein paar Bündel Geldscheine in den Pfoten halten sollten. Dass alle Tiere Geld bekommen sollten, so war die allgemeine Annahme, war ein überdeutliches Zeichen dafür, dass die Eröffnung eines Vergnügungsparks bald bevorstand – diesem Gerücht wurde ein relativ großer Wahrheitsgehalt zugestanden. Und obwohl es die Ratte gewesen war, die »Geld, Geld, Geld!« gerufen hatte, dachten doch die allermeisten Tiere so, auch wenn sie nicht richtig sicher waren, wie Geld überhaupt aussah und was sie damit tun könnten.

Um die neuen Tiere unterzubringen, die auf den Wiesen auf der sumpfigen Seite des Feldes kampiert hatten, wurde entschieden, dass ein neuer Stall errichtet werden sollte. Die Tiere, die ursprünglich auf der Farm gelebt hatten, sollten von nun an in ein paar neuen Wohnblöcken leben, die viele Bequemlichkeiten bieten würden, während die Neuankömmlinge zunächst im alten Stall wohnen sollten, der, so stand im *Pfiff* zu lesen, alles in allem ja gar nicht so schlecht sei – und außerdem hätten ja viele der Einwanderer solch einen Luxus wie heißes und kaltes fließendes Wasser oder Fenster, Klimaanlagen, Heizungen und Strom bisher überhaupt noch nicht gekannt, und auch die alten Farmtiere hatten sich ja daran erst einmal im Laufe der Jahre gewöhnen müssen.

Die neuen Boxen wurden genauso effizient errichtet wie

alles andere auf der neuen Farm. Und schon ziemlich bald hatte die Farm einen neuen Stall (wie auch einen neuen Steinbruch und einen ziemlich großen Haufen Bauschutt).

Die Zementboxen der neuen Wohnblöcke boten einige bis dato unbekannte Eigenschaften: Sie waren zwar nur halb so groß wie die bisherigen Boxen im alten Stall, aber sie waren, architektonisch gesehen, überaus innovativ – sie hatten einen Grundriss in L-Form, außerdem hatte jede Box ein eigenes Wasserklosett! Und damit nicht genug – jede Box verfügte über eine Federmatratze, ein Fenster zum Hinausschauen, ein Sofa aus Rosshaar und einen Kunstdruck eigener Wahl! Man hatte dafür natürlich außerordentliche Ressourcen benötigt, und man hatte außerdem einen neuen Kredit aufnehmen müssen. Auch fanden drei Enten sowie eine Kuh den Tod während des Baus (zwei Unfälle mit dem Bagger, einer mit dem Kran). Aber diese Annehmlichkeiten, zusätzlich zu den Badewannen und Fenstern und den Teppichen, die sie alle schon für selbstverständlich nahmen, waren freilich den Tod einiger weniger oder einen Bankkredit wert – so unheimlich den meisten Tieren auch der Tod oder das Schuldenmachen noch war.

Die neuen Wohnblöcke wurden Thomas-Türme genannt (nach Thomas der Ziege) und mit einer Taufe nebst dazugehöriger zertrümmerter Champagnerflasche sowie einem Fruchtcocktail für jeden gefeiert.

Und gerade zu dieser Zeit, die als die beste Zeit gelten sollte, traf eine neue Krise die Farm der Tiere. Aber diese Krise zeichnete sich neben den üblichen Kämpfen und Intrigen, die jede Krise seit Schneeballs Rückkehr begleitet hatten, durch Gefahr und Gewalt aus ...

Es war Herbst geworden, und als man sich zur gewohnten Sonntagsversammlung traf, sprachen die Tiere darüber, wie schön es war, dass die Bäume wieder ihr farbiges Kleid anzögen (zumindest die wenigen Bäume, die es noch gab auf der Farm). In der Ferne sahen sie die Hügel – Meere von gelbem und grünem Laub wogten im Wind hin und her. Und gerade als die Tiere sich in einer irgendwie feierlichen und festlichen Stimmung niederließen, sahen sie Minimus, den sie seit einiger Zeit nicht mehr gesehen hatten, der von einem Rudel zähnefletschender Hunde umgeben war.

Natürlich fletschen Hunde häufig die Zähne, aber alle konnten sehen, dass dies etwas anderes war. Und als Schneeball durch die großen Türen in den Stall trat, sahen die Tiere den Grund. Und auch Schneeball sah den Grund.

»Ihr Hunde!«, polterte Minimus mit leisem, drohendem Befehlston,

»Holt ihn euch!«

Eine ganze Weile war die Farm der Tiere zwei Dinge gewesen. Die eine Seite und die andere. Minimus und Schneeball. Aber jetzt konnten alle sehen und verstehen, dass das Ende einer langen Zeit des Bruderhasses gekommen war – der alte Krieg war vorüber.

Und mit Minimus' Befehl kam plötzlich Bewegung in die Gruppe – man hörte Laute des Leidens. Brutus und seine Hunde hetzten umher – und die Tiere flüchteten. Sie flohen in alle Richtungen, egal wohin, nur weg. Niemand wusste, welcher Weg der sichere war und ob es überhaupt einen sicheren Weg gab. Man schob sich. Und drängte.

»Mir nach!«

»Nein, hierhin!«

»Aus dem Weg!«

»Nein, geh du mir aus dem Weg!«

Es war ein allgemeines Quaken, Blöken, Schimpfen und Beißen. Zurückbeißen und Treten. Überall war großes Chaos, das immer entstand, wenn niemand wusste, wohin er fliehen konnte, wenn niemand auch nur annähernd eine Ahnung davon hatte, was wirklich vor sich ging und was die Zukunft bringen würde.

Einer Schildkröte gelang es schließlich, nachdem sie das Gestampfe der Tiere überstanden hatte, die Stalltür zu öffnen – vermutlich hoffte sie, in dem Steinhaufen neben dem Stall Schutz zu finden. Und dort, während sie durch den Kies schlurfte, sah sie zusammen mit einer größer werdenden Menge Farmtiere, wie Schneeball über das Feld lief, mit einer Hundemeute auf den Fersen.

Schneeball rannte.

Rannte, wie nur ein Schwein rennen konnte. Quiekend, bellend, schreiend. Mit vielen Erinnerungen. Halben Lügen. Anklagen. Gegenanklagen. Namen, Daten, Fakten. Feinde waren vernichtet worden – Verbündete niedergemacht. Terror und Angst. Alle liefen. Alle liefen davon. Irgendwohin.

Was würde die Zukunft bringen?

Und dann verlor Schneeball, dieser alte Yorkshire-Eber, sein Gleichgewicht, er stolperte, rutschte und rollte den nassen Rasen hinab in einen tiefen Graben. Und wie er da lag, unbeweglich, sprangen die Schäferhunde hinter ihm her – ihre Lippen ließen die Reißzähne hindurchscheinen, und ihre Schnauzen stießen in das weiche, zarte Fleisch von Schneeballs Magen. Und tiefer, in seine Leber, seine Lungen und sein Herz.

Als die Hunde ihre Gesichter und das Fell schüttelten, lag Schneeball überall verstreut. Und die Tiere sahen sich an, voller Horror, denn Blut besudelte die Farm – und Minimus gestattete den Hunden, ihr Beuteopfer zu verschlingen.

Sie waren Schweinejäger geworden.

Einige waren entrückt. Andere suchten nach weiterer Jagdbeute. Alle jauchzten vor Freude. Ein Schwein reichte Gläser mit Whiskey herum. Sogar die jungen Tiere tranken. Ihre Rufe nach Frieden klangen betrunken.

Was nun?

Eine Welle der Hoffnungslosigkeit und der Niedergeschlagenheit machte sich bei den ängstlichen Geschöpfen breit. Was nun? Sie hatten ihre neuen Betonboxen doch so sehr gemocht. Ein paar Jugendliche riefen nach Frieden – ein paar ihrer Eltern, die sich teils Sorgen um ihre Kinder machten, teils deren Lautstärke verurteilten, teilten Ohrfeigen in Mengen aus. Alle machten sich klein und dünn vor Angst und waren wie gelähmt, als sie sahen, wie die ältesten und fettesten Schweine und Hunde, die noch die Zeiten von Napoleon erlebt haben mussten (»Wer war noch mal Napoleon?«, fragte ein nervöses Feldmäuslein), sich wieder breit machten.

Zwei weitere Whiskeyfässer wurden auf den Hof gerollt. Das Bild geriet besonders bei den jungen Tieren etwas aus dem Rahmen. Ihre Rufe nach Frieden wurden nuscheliger und konfuser – unidentifizierbar. Andere zuckten zusammen, zeigten mit ihren Vorderhufen auf ihre Kollegen.

»Es ist dein Fehler!«

»Nein, deiner!«

In einem winzigen Augenblick waren Abermillionen kleiner Träume zu Staub zerfallen. Egal, ob sie egoistisch oder selbstlos waren – sie fielen um wie Dominosteine.

Aber dann geschah etwas Seltsames. Die Hunde, die Schneeball zerfetzt hatten, fingen an zu husten und spuckten Blut. Sie warfen ihre Hälse nach hinten und hielten sich die Bäuche. Sie stöhnten und jaulten, ihr Fleisch schien zu brennen.

Und in den Farmtieren wuchs der alte Traum wieder heran – aber dieses Mal noch egoistischer oder noch selbstloser. Und mit größer werdendem Optimismus beobachteten sie, wie die Schäferhunde an ihrer Beute erstickten.

Sie sahen, wie die Schäferhunde niederfielen – und starben.

Und der Ausdruck von Freude, der in Minimus' Augen glänzte, wurde fahl, als er sah, dass einer nach dem anderen seiner Schäferhunde starb. Mörder, die sie eben noch gewesen waren, waren sie jetzt zu hilflos, um sich selbst noch auf den Beinen zu halten. Minimus sah sich um – und war jetzt selbst nur noch hilflos.

Und dann stand Schneeball wieder auf aus all dem Blut – und stieg durch seinen eigenen Körper hindurch, der noch in den Mäulern der Schäferhunde hing. Es war alles eine List gewesen! Nicht Schneeball war gefressen worden, sondern nur eine Schicht Schwarte, mit der er sich umgeben hatte! Eine Schwarte voller Gift!

Und diese Hunde waren nun tot!

Und Schneeball lebte!

Schneeball lebte!

Die Tiere hatten gesehen, wie er gestorben war, aber jetzt lebte er – und auch die Tiere, die ihn zuvor gehasst hatten, liebten ihn jetzt.

Schneeball, der den Tod betrogen hatte, lebte!

Schneeball, der Träumer aller tierischen Träume, lebte!

Ja, er lebte!

Schneeball und der Traum!

Der Wind wurde stärker, er drehte scharf und stand plötzlich über dem grausamen Bild des Massakers, hoch über all den Farmtieren – Schneeballs Ohren flatterten im Wind. Und in der Luft rochen die Tiere plötzlich den Tod, und den Sieg! Und Schneeballs Hunden lief die Spucke im Mund zusammen, denn sie wussten, jetzt waren sie an der Reihe.

Und auch Minimus verstand. Schneeball war nicht aufzuhalten. Wie eine Lawine.

Minimus fragte sich, wer Schneeball wohl gewarnt hatte. Und

in dem Moment, als er von Schneeball zu Brutus und dann zu Rosaauge sah, wusste er plötzlich alles.

Brutus und Rosaauge – seine nächsten Verbündeten, jedenfalls hatte er das gedacht –, sie lieferten ihn an Schneeball aus.

Minimus sah seinen Oberhund an:

»Ist es wahr?«

Ja – Brutus senkte den Kopf in Demut. *Ja*, er hatte das Ausgezeichnete Schwein verraten. Er hatte mit sich gekämpft, hatte sich gefragt, wie weit Loyalität geht. Und er hatte sich entschieden, dass seine Loyalität den Farmtieren gehöre. Und soweit er es verstehen konnte, gehörte ihre Loyalität den Reichen, gehörte der Macht. Seine Loyalität gehörte dem Eroberer und seinem Geld. Das war die Zukunft.

Minimus verstand – Brutus hatte sich entschieden.

Schneeball war der Herr auf der Farm, der Herr der Farmtiere und der Herr der Hunde.

Und Minimus' Schweinsäuglein senkten sich, als wollten sie sagen:

Du, Rosaauge, auch wenn ich es nicht erwartet hätte, so kann ich es doch verstehen – du dachtest, dein Schicksal sei bei ihm. Und du, Brutus – ich hätte wissen müssen, dass du dem Stärksten im Rudel gehorchst. Aber du warst der Hund, dem ich vertraut habe, und ich habe es nicht bemerkt. Ich wäre lieber gestorben, als es zu bemerken.

Mit einer Geste des unendlichen Verzeihens und der unendlichen Qual zeigte Minimus mit seiner Klaue auf seinen ehemaligen Schäferhund:

»Et tu, Brute?«

Und als Minimus in die grauen Augen des Monsters blickte, da nickte Schneeball einmal kräftig und gab den Befehl – »an die Kehle!«, woraufhin die Schäferhunde das Leiden ihres ehemaligen Chefschweins beendeten.

Er war einmal stark und mächtig gewesen, Minimus, aber er starb erwürgt und Mitleid erregend.

Und die Tiere sahen das Leuchten der Zukunft, die Schneeball ihnen gebracht hatte. Und geblendet von der Erkenntnis riefen sie:

»Schneeball! Schneeball! Schneeball!«

Minimus starb unter diesen Rufen. Er nahm eine Ära mit sich, er dachte nicht an die Schmerzen in seinen Gliedern, nicht an die Schmerzen in seinem Fleisch, sondern daran, wie alles angefangen hatte und wie anders alles hätte sein können. Sein letztes Gedicht flüsterte er ungehört vor sich hin:

Für die Farm der Tiere gebe ich mein Leben,
ihr gehörte all mein Trachten, all mein Streben.

Auf der darauf folgenden Sonntagsversammlung versicherte Rosaauge den versammelten Tieren in seiner Begrüßungsrede als momentanes, zukünftiges und womöglich ewiges Ausgezeichnetes Schwein, dass etwas Derartiges nie wieder vorkommen werde und dass die Schweine und die Hunde alles unter Kontrolle hätten und dass niemand sich in seinem klitzekleinen Köpflein Sorgen machen solle.

Und das war auf jeden Fall eine Erleichterung, denn die Tiere wussten, dass sie alle einen kleinen Kopf hatten, und niemand von ihnen machte sich gerne Sorgen.

Rosaauges Versprechen war, dass sich nichts verändern sollte, und wenn doch, dann nur zum Besseren.

Der Jahrmarkt würde weitergebaut werden, und zwar mit besonderer Eile. Alle Schweine waren sich einig, und es gab natürlich keinen schädlichen, selbstzerstörerischen Zweifler. Nein, im Gegenteil, die Schweine waren als großzügig und gerecht bekannt. Und anzunehmen, dass ein Schwein allein durch Lust auf Luxus oder Machtgier angetrieben war, war einfach nicht möglich.

Ein Schwein würde niemals ein anderes Schwein bekämpfen. Ein Schwein würde niemals ein anderes Schwein betrügen oder einem anderen Schwein das Wort im Maul herumdrehen. Ein Schwein würde nie etwas denken oder tun, was nicht zum Wohl der Farm der Tiere war. (Und das dachten nicht nur diejenigen Schweine, die öffentliche Ämter bekleideten, sondern überhaupt alle Schweine, etwa die Chefs von Polizei, Industrie oder der zukünftigen Attraktionen.) Um genau zu sein, fuhr Rosaauge fort, es könnte vielleicht zu gelegentlichen »Unfällen« kommen, die jedoch niemals aus Geiz, Rache oder durch politische Tricks entstanden. Und immer würde der Aufdeckung solch eines »Unfalls« (entweder von speziellen, von den vertrauenswürdigen Schweinen ernannten Staatsanwälten oder von einem der vielen vertrauenswürdigen Reporter des *Tagespfiff*) mit Integrität begegnet werden und dadurch zum großen gemeinsamen Ziel, dem Wohl der Farm der Tiere, zur großen Aufrichtigkeit beigetragen. Niemand an der Spitze der Regierung war im Unrecht – obwohl es natürlich auch durchaus möglich war, dass es faule Äpfel unten in einem Korb geben könnte. Oder besser gesagt, auf dem Grund des Korbes. Oder, besser gesagt, auf dem Grund des Grundes des Korbes. Oder, besser noch, auf dem Grund des Grundes des Grundes des Korbes. Oder, besser, auf dem Grund des Grundes des Grundes des Grundes ...

Wenn man von faulen Äpfeln sprach – was geschah eigentlich mit jenen Tieren, die in einen Betrugsversuch verwickelt waren?

Im *Tagespfiff* erschien ein Artikel, dass der alleinige Verräter ein rötlicher Dachs sei, der auf den Namen Gerwald hörte.

Entgegen anders lautender Gerüchte wurde Minimus von

jedem Verrat völlig freigesprochen. Und nein, niemand hatte gesehen, dass Minimus von Schäferhunden angegriffen worden war, und nein, er war absolut nicht zu Hackfleisch zerrissen worden. Die Hunde waren vielmehr so zurückhaltend und gehorsam wie nie, und Minimus, der mehr Zeit mit seinen Ferkeln verbringen wollte, hatte sich mit seiner Sau auf sein Landgut zurückgezogen. Das einzige Tier, dessen Erinnerungsvermögen groß genug war, um sich verlässlich an all diese Dinge erinnern konnte, war Benjamin, der inzwischen seine ganze freie Zeit mit Esmeralda und ihrem Sohn Kip verbrachte – und der, so nannte er es, nicht mit törichten Fragen belästigt werden wollte. Selbst er hätte wissen müssen, dass sein Schweigen als Zustimmung zu den offiziellen Berichten gedeutet werden würde. (Kip hatte die Erlaubnis erhalten, aufgrund eines Herzfehlers zu Hause unterrichtet zu werden.)

Gerwald war ein verbitterter Funktionär, der davon träumte, ein Hund zu sein, und er hatte vollständig auf eigene Verantwortung gehandelt. Und weil niemand außer Gerwald in diesen – kleineren – Verrat verwickelt war, und weil Gerwald sowieso durch einen unglücklichen Zufall durch zwei Bierwagen-Ochsen zu Tode gekommen war, wurde dieser Zwischenfall allgemein als Bestätigung dafür genommen, dass die generelle Richtung, die die Farm der Tiere eingeschlagen hatte, die richtige war. Es war für alle Tiere offensichtlich, dass auf der Farm der Tiere die Gerechtigkeit schnell und unvermeidlich war.

Achtes Kapitel

Wenn irgendjemand Zweifel hatte, ob Gerwalds misslungener Verrat die Autorität von Schneeball untergraben haben könnte, so wurde er bald eines Besseren belehrt. Unter der weisen Führung von Rosaauge hatte Schneeball den Plan entwickelt, Pilkington von der Fuchswald-Farm und Frederick von der Knickerwald-Farm zu vertreiben. (Mit dem Geld aus einem zweiten Bankkredit war eine zweite Anwaltskanzlei beauftragt worden, die erste zu unterstützen.) Der Sieg wurde in einer Feier begangen, so groß, wie die Farm der Tiere sie noch nicht gesehen hatte. Eine ganze Nacht lang baute man mit Hämmern, Sägen und Drahtscheren die Zäune ab, die die drei Höfe so lange getrennt hatten, und tanzte dabei den Freiheits-Shuffle.

Eines der Schweine legte Platten auf, und die Tiere tranken und zechten, bis der Morgen anbrach. Etliche Schweine waren so betrunken, dass sie sich auszogen und sich in einer Pfütze aus Schokolade und Mandelcreme suhlten. Als man die Schweine in ihrer Unterwäsche sah, entdeckten die Dachse, dass einige von ihnen so fett geworden waren, dass sie keine Beine mehr hatten, sondern nur noch Füße. Die Schweine waren ganz begeistert von dieser Beobachtung, und so fröhlich die Tiere in dieser neuen Welt waren, so schien es, als seien die Schweine noch viel fröhlicher. Als besonderes Zeichen der Freude und des Sieges wurde erlassen, dass alle Tiere von nun an regelmäßig eine Portion Milch und einen Apfel erhalten sollten. Die Schweine hatten unterdessen von aufgeregt verbreiteten Gerüchten gehört, dass es Nahrungsmittel gab, die Kaviar oder Cognac hießen – Futter fürs Gehirn, natürlich, das ausschließlich den Schweinen zuträglich, und zugänglich, war.

Und vielleicht war es auch die Folge dieser Gehirnnahrung, dass die Schweine so pflichtbewusst waren, dass sie die beiden heruntergekommenen Höfe nicht eine einzige Nacht verließen. Und es war in der Tat noch weit vor dem Morgengrauen, als die ersten Schweine ein paar Pferde vor die Wagen spannten und ihre Besitztümer auf die verlassenen Neubesitzungen fuhren.

Die Schweine waren sich noch nicht ganz einig, welche Pflicht sie dazu berechtigte, die freien Räume zu verteilen, aber man hörte schon das eine oder andere Schmerz- oder Angstquieken, als sie sich um die besten Zimmer stritten. Und egal, wie man dazu stand, ob es normal war, dass man es lustig fand, Whiskey zu trinken – der Streit der Schweine war in diesem Augenblick auf jeden Fall zum Schreien komisch, und sogar die Hunde fanden es lustig, zum Streit der Schweine noch weitere drei Stunden zu trinken und zu tanzen.

Aber auf der nächsten Sonntagsversammlung wurde natürlich erklärt, dass es falsch gewesen war, dass die Tiere über ein solch ernstes Problem gelacht hatten. Die Schweine brauchten mehr Platz, dringend, und das war eine Angelegenheit, die eines sofortigen Handelns bedurfte. Die Tiere verstanden sofort, dass sie den Schweinen eine grobe Ungerechtigkeit zugefügt hatten, und stimmten zu, dass zunächst das alte Farmhaus, in dem in alten Zeiten einmal ein Mr. Jones gewohnt hatte, sowie die Häuser von Mr. Frederick und Mr. Pilkington renoviert werden müssten. Die Keller sollten ausgebaut werden, und zusätzliche

Zimmer, Toiletten und Küchen würden angebaut werden. Und weil die Schweine Schwierigkeiten mit dem Gehen hatten (keine Beine, nur Füße), wurde auch als notwendig angesehen, dass jedes Schwein ein motorisiertes Fahrzeug erhalten sollte. (Die Entfernungen zu den anderen Farmen betrugen rund zwei beziehungsweise drei Meilen – und nicht, wie man früher angenommen hatte, eine halbe oder eine Meile. Die beiden Häuser von Mr. Frederick und Mr. Pilkington erschienen nur näher, weil die Tiere einem Phänomen erlegen waren, das man »optische Täuschung« nannte.) Außerdem wurden sechs japanische Hunde (Shih-tzus) in der Kunst der Massage (Shiatsu) unterrichtet, damit die Schweine den Umzugsstress, den sie für das Wohl der Farm auf sich nahmen, besser abbauen konnten. Jedem Haus standen zwei Massage-Hunde zur Verfügung.

Rosaauge, das Ausgezeichnete Schwein, übernahm den großen Flügel des Rosa Hauses, wie das Haus von Mr. Jones, nachdem es vollständig renoviert worden war, genannt wurde. (Niemand wusste, wo Schneeball wohnte, aber es gab Gerüchte, denen zufolge er in einem Haus lebte, das sogar noch besser war als das Rosa Haus, das an und für sich ziemlich fürstlich geworden war.) Die anderen Schweine wurden auf ihre diversen renovierten Unterkünfte und Büros verteilt, auch wenn keines der Farmtiere eigentlich erkennen konnte, welches Schwein nun gewählt worden war, welches ernannt worden war und welches Schwein nur ein einfacher Bürger war, oder wann wer gewählt, ernannt oder in den Ruhestand versetzt worden war, oder für wie lange. Aber wie dem auch sei, die gesamte Arbeit der Schweine stand einzig im Dienste der Farm. Und glücklicherweise waren die Schweine überall – sie wohnten nicht nur im Rosa Haus, sondern auch im Roten Haus (was früher das Haus von Mr. Frederick gewesen war) und im Lila Haus (früher das Haus von Mr. Pilkington) und auch in mindestens zwei Dutzend weiteren Hütten und Ställen, die im Namen der Effizienz alle renoviert worden waren.

Zu guter Letzt wurden von den Fremdfirmen und Lieferanten, bevor sie ihre eigenen fröhlichen Wege gingen, noch drei Hütten gebaut, von denen die Tiere zunächst dachten, es handele sich um Räucherhäuser, die aber später als so genannte »Saunas« identifiziert wurden. Die Tiere dachten, sie seien so etwas wie Außenduschen, und die Tiere schätzten die Opferbereitschaft der Schweine – denn sie selbst hatten alle Innenduschen. Aber einige der Tiere waren nicht so überzeugt, dass Saunas lediglich Außenduschen waren. Sie dachten, Saunas müssten etwas Seltsameres sein, denn sie sahen, wie die Schweine im Winter außerhalb der Sauna im Schnee herumtollten – ohne Handtücher. An dieser Beschäftigung nahmen auch Menschen – die von den Schweinen »Investoren« genannt wurden – teil. Weil beide eine rosige Haut hatten, hielten die Tiere das für akzeptabel.

Die Tiere bemerkten, dass die Schweine nach ihren »Saunas« (was immer das war) glücklich waren, weil die menschlichen »Investoren« (was immer das war) außergewöhnlich zufrieden waren. Und wenn es stimmte, was man überall hörte, dass die Menschen damit etwas zu tun hatten, die Farm der Tiere zu finanzieren, dann gab es gute Gründe, sie zufrieden zu stellen – denn der Bau ging gut voran, außerordentlich gut.

Mit all den neuen Werkzeugen, die die Ziegen herbeigeschafft hatten, ging der Bau so gut voran, dass im *Tagespfiff* schon angekündigt wurde, dass eine Eröffnung in diesem Sommer gar nicht unwahrscheinlich sei. Um dieses Ziel zu erreichen, musste man lediglich auf dem Gebiet der Sicherheit ein paar kleinere Kompromisse eingehen: Und in der Folge starben leider zwei Hunde und eine Ente bei einem Unfall während des

Zementmischens. In Wirklichkeit – stand später im *Pfiff* – waren die Sicherheitsbestimmungen nicht aufgeweicht worden, sondern diesen Unfall im Speziellen hatte wirklich niemand vorhersehen können, noch nicht einmal eine Ziege. Wer hätte denn wissen können, dass der Hahn, der den Zementmischer fuhr, nicht über das Armaturenbrett sehen konnte?

Hin und wieder sagte eine Kuh oder ein Dachs oder irgendeine eingebildete dumme Gans, dass Minimus' Ende vielleicht doch nicht nur zum Guten gewesen war, denn er hatte doch immerhin ab und zu als Bremse gewirkt, was den Blutzoll anging, den die Farm der Tiere jetzt vermehrt zu zahlen hatte – und dass die Farm ohne Minimus ausbluten würde. Nicht viele verstanden diese Sätze wörtlich – zu viele große Worte, Ideen, Konzepte –, aber sie verstanden die grundlegende Idee. Die Dinge liefen vielleicht im Augenblick ein bisschen zu schnell.

Einige Tiere schlugen vor, man könne sich doch auch einmal um das Schicksal der Tiere im benachbarten Dorf kümmern. Die konnten auf jeden Fall Hilfe gebrauchen – ein paar Ratten und Tauben erzählten, dass die Tiere im Dorf verhungerten ...

Es gab eine Unterbrechung der Diskussion, weil sich ein Schwall heißen Wassers über die Tiere ergoss – offensichtlich verursacht durch Ratten und Tauben, die im Generator ihre Nester gebaut hatten (sie versahen den Dienst im Abwasserkanal). Aber schon kurz danach wurde der Tiere-im-Dorf-Fall im *Tagespfiff* behandelt. Eine vierwöchige Artikelserie deutete darauf hin (egal, ob man sie als Ganzes las oder nur einen Teil, oder ob man nur den Bildern folgen konnte), dass man auf einem wirtschaftlichen Markt, und ein solcher war auch der Markt im Dorf, am besten das tat, was für einen selbst gut war. Und dadurch würde auch für die anderen Marktteilnehmer das Beste erreicht. Die Farmtiere sollten am besten das tun, was sie am besten konnten, und das würde auch für alle anderen das Beste sein. Davon hätten sie alle etwas. Dass dies ein stichhaltiges Argument war, leuchtete sogar den skeptischen Tieren ein.

Lebe gut – dann geht es auch dem Dorf gut.

In den nächsten Monaten lebten die Tiere voller Stolz auf ihre harte Arbeit und mit dem Gefühl, ihre lange heiße Dusche am Abend redlich verdient zu haben. Und so kam der Jahrmarkt näher. Und darauf freute man sich.

»Das ist unser aller Werk«, sagte Schneeball, »das geht uns alle an.«

Und dennoch – in jenem Frühling, als die Blumen zu blühen begannen und die Sonne den Tieren schon die ersten Brombeeren versprach, da geschah etwas Schreckliches, was die Tiere völlig überraschte. So etwas hatten sie noch nie erlebt, jedenfalls konnten sie sich nicht daran erinnern.

Eine der Ratten, eine alte englische Ratte, die für die Schweine arbeitete, berichtete, dass sie den Verräter entdeckt hatte, der Mr. Frederick vom Knickerwald die Blaupausen der Zwillingswindmühlen überbracht hatte. Es war bei der ersten Sitzung im Mai, ein verhängnisvoller Sonntag, als die Anklagen sich gegen Filmont den Labrador richteten.

Brutus, der auch unter Rosaauge der Chef der Hunde geblieben war, legte den unwiderlegbaren Beweis vor, den ihm die Ratte gebracht hatte. Aber trotzdem stockte den Tieren der Atem, und sie begannen zu beten – weil sie immer noch hofften, dass es sich um einen Irrtum handelte und dass Filmont die Beschuldigungen zurückweisen konnte. Filmont, den die Tiere über alles liebten! Filmont, der alle Tiere liebte, egal, wie weit sie das Alphabet beherrschten!

Wie konnte Filmont solch eines Verrats überhaupt schuldig sein?

Aber Filmont hatte, als er Brutus gegenüberstand, keine Kraft, sich zu verteidigen. Der eingeschüchterte Labrador hatte keine Erklärung parat. Ja, gab er zu, genau so war es. Er hatte die Blaupausen gestohlen, als er gerade bei Thomas der Ziege eine Privatstunde gehabt hatte, und hatte sie dann dem Feind übergeben. Er war verzweifelt gewesen, weil er seine geliebte Freundin Sandra-Marjorie wiedersehen wollte. Er hatte vergeblich gehofft, dass Mr. Pilkington sie nach seiner Tat freigeben würde. Außerdem hatte er gehört, dass Mr. Frederick Bilby Pilkington erlauben wollte, die Welpen zu ertränken, und da hatte der Labrador keine andere Chance mehr gesehen, als mit seinem früheren Besitzer in Kontakt zu treten – dem Mann, der ihn beinahe zu Tode geprügelt hatte.

Filmont hatte die anderen Tiere immer motiviert – in seiner Gegenwart ging die Arbeit immer leicht von der Pfote. Außerdem hatte gerade sein Leben eine Art Vorbildfunktion für die anderen Tiere gehabt. Er hatte ihnen vorgemacht, wie sie leben sollten. Die Tiere fühlten sich zutiefst betrogen. Wie konnte ausgerechnet er dieses geheime Material dem Feind übergeben?

(»Geheim«, das Wort war den meisten Tieren auf der Farm neu, es wurde aber im Zusammenhang mit diesem rücksichtslosen Verrat von nun an häufiger gehört.) Mr. Frederick war ein Mensch, der Hahnenkämpfe liebte – ein Mann mit einem riesigen Bauch voller Fleisch von Kühen, Schafen, Schweinen, Ziegen und Vögeln. Und er war ein Mensch, dem man nicht über den Weg trauen konnte, besonders nicht mit solch sensiblen Informationen wie den Plänen der Zwillingswindmühlen. Filmonts Erklärungen, dass er niemanden hatte verletzen wollen – dass er gedacht hatte, Mr. Frederick wolle lediglich selbst eine Windmühle bauen –, trafen bei den Tieren auf Enttäuschung und Hass.

Rosaauge erklärte sofort, dass alle Schweine sich einig seien – der Labrador würde gestreckt und von den Pferden gevierteilt werden. Diese Aussage wurde jedoch gleich wieder zurückgenommen. Und zwei Tage später, auf einem weiteren Sonntagstreffen, trug Schneeball eine neue Erklärung vor. (Irgendjemand fragte, ob nicht Sonntag der Tag sei, an dem man die offizielle Versammlung hatte, aber er wurde schnell von zwei zähnefletschenden Schäferhunden zum Schweigen gebracht, jetzt sei nicht die Zeit für Diskussionen.) Schneeball argumentierte, dass der Tod zu gut für ihn sei und dass Filmont als eine Art Beispiel weiterleben sollte. Vielleicht sollte er ein Ausstellungsobjekt auf dem Jahrmarkt werden – und den Rest seiner Tage im Käfig verbringen und seinen Verrat immer wieder gestehen.

Während dieser Woche, als die Schweine und die Ziegen über das Schicksal des Labradors entschieden, kam heraus, dass Bilby Pilkington – trotz Filmonts Verabredung mit den Menschen – die süßen Welpen ertränkt hatte, einfach, weil er es gewollt hatte. Außerdem erfuhren die Tiere, dass Sandra-Marjorie, als sie vom Tod ihrer Welpen gehört hatte, verrückt geworden war und Bilby in die Backe gebissen hatte, als er sie verspottet hatte. Sofort danach wurde sie zum Steinbruch geführt und getötet. Man hatte Bilby erlaubt, seine Armbrust zu benutzen. Neben dem Sack mit den toten Welpen wurde ihr lebloser Körper gefunden. Man nahm an, dass Bilby die Hinrichtung im Steinbruch der Farm der Tiere vorgenommen hatte, damit Filmont der Labrador herausfinden würde, was seiner Familie zugestoßen war.

Und Filmont fand es heraus.

Nachdem er seinen geliebten Collie und seine Welpen auf diese schreckliche Weise am Freitag verloren hatte, wurde der Labrador am Samstag tot in seinem Stall aufgefunden. Er war unter ständiger Bewachung durch drei Schäferhunde gewesen, es konnte also niemand sagen, wie er in Besitz der Tafel Schokolade gekommen war (die für Hundeartige tödlich war). Man wusste nur, dass die Tafel an jenem Morgen aufgegessen war und dass in dem Brief, den man in seinem Stall fand, von großer Reue die Rede war – Reue darüber, dass er es nie geschafft hatte, unter dem Zaun hindurch ein Loch zu graben, um seine geliebte Sandra-Marjorie noch ein letztes Mal zu sehen.

Nach dem Tode Filmonts fiel den Tieren auf, dass sie gar nicht gewusst hatten, wie Filmont mit Mr. Frederick kommuniziert hatte. Durch eine Ratte, einen Vogel? Wer war der Bote gewesen? Einige Wochen lang dachte man darüber nach, die Bluthunde von Ermittlern zu Schafhütern zu degradieren, weil sie versäumt hatten, Filmont diese elementaren Fragen zu stellen. Aber dann war den Tieren klar geworden, dass sie die Fragen eigentlich während der Anklage hatten stellen wollen, aber dass es etwas, das »Allgemeine Tierrechte« hieß, vereitelt hatte. Nun, jetzt wurden diese, so könnte man sagen, den Wölfen zum Fraß vorgeworfen.

Weil die allgemeine Sicherheit nun ein Thema geworden war und vor allem die Hunde noch mehr als früher dem Befehl der Schweine folgten, kam es, dass auch die Tiere jetzt generell die Befehle der Hunde befolgten.

Und es war ziemlich viel Arbeit, die Ordnung aufrechtzuerhalten. Die Hunde benötigten sechs Mahlzeiten am Tag, nur um sich auf den Beinen halten zu können! Und ein Hund, der von sechs Mahlzeiten am Tag lebte, war ein ziemlich stattliches Tier! Ein Tier, das Achtung einflößte, eine Art Schwein, nur härter, schneller und mit einem Fell.

Und der Jahrmarkt?

Ja, das Thema war überfällig. Ja, die Kosten waren explodiert. Und ja, trotz alledem, sie waren im Plan – der Jahrmarkt würde

Ende des Sommers eröffnet werden. Es gab bereits Holzbuden für fünfzehn Shows und das Riesenrad (das eines der größten Attraktionen des Parks werden sollte). Zur Vorbereitung solch anspruchsvoller Tätigkeiten wie Kartenverkauf oder Lotterielosverkauf wurden die Tiere gerade in neuen Workshops geschult: »Geld: Papier und Münzen«. Die Teilnehmer wurden in den Grundlagen von Addition und Subtraktion sowie Beschriftung unterwiesen, und der Geruchstest würde auch den Tieren mit der geringsten Intelligenz ermöglichen, Münzen zu erkennen. Alle Tiere, auch diejenigen, die noch nie in der Lage gewesen waren, eine Geldnote zu identifizieren, sollten durch die olfaktorische Methode zu nützlichen Mitgliedern der Gemeinschaft erzogen werden.

Als der Eröffnungstag näher rückte, wurden die Tauben ins Dorf ausgesandt, um Schilder und Tafeln zu bemalen, um Plakate zu kleben und Fahnen aufzuhängen und um überhaupt die Sensation eines Jahrmarkts der Tiere anzukündigen.

Ich gehe zum Jahrmarkt der Tiere,
Dort gibt's keine Sorgen zu sehen.
Ich werde dort alles Schöne erleben,
Und trinken und tanzen und mein Herz wird erbeben.

Die Tore des Jahrmarkts wurden eines Mittsommerabends geöffnet – es war der Jahrestag der Großen Rebellion. Die neue Flagge wurde gehisst, ein altes Gewehr wurde vom Mastfuß aus abgefeuert – und dann wurde ein riesiges Neonschild enthüllt. Zum ersten Mal überhaupt leuchtete in großen pinken und grünen Lettern:

Jahrmarkt der Tiere

Schneeball verkündete von seinem Podest herab, dass von heute an der Jahrmarkt der Tiere eröffnet sei. Die Drehkreuze drehten sich. Elektrische Lichter wurden eingeschaltet, und die Tiere waren sich einig, dass dies der Traum aller Tiere überall war, der Traum, den die Tiere von Anbeginn der Zeiten träumten, dass die Nacht zum Tage wurde. Niemand konnte sich der Kraft dieses Spektakels entziehen – Tausende von Lichtern leuchteten in den Himmel!

Sogar die Sterne wurden blass durch die Großartigkeit des Jahrmarkts der Tiere!

Die erste Nacht, die der Park in Betrieb war, war erfüllt von Abenteuer und Vergnügen. Es waren genügend Besucher da – und sie stellten sich in die Warteschlangen, um das zu essen, was die Tiere zubereitet hatten, und die Spiele zu spielen, die sich die Tiere ausgedacht hatten, und die Fahrten zu erleben, die die Tiere gebaut hatten. Das Riesenrad war besonders beliebt. Paare liefen Arm in Arm und untergehakt umher, während sie über den Fluss und die Felder in Richtung Dorf sahen. Und dann, das hing von ihrer Gattung ab, kneteten sie des anderen Widerrist, rieben ihre Schnäbel aneinander oder drückten ihre Lippen aufeinander.

Zugegebenermaßen, gegen zehn Uhr abends gab es ein kleines Problem am Crèpes-Stand, als dieser Feuer fing und abbrannte. Aber dank der hervorragenden Planung durch die Ziegen war diese Bude am Rande des Parks gelegen, so dass keine andere Einrichtung in Mitleidenschaft gezogen wurde. Die Hunde hatten die Situation völlig unter Kontrolle, und der Abend war ja noch jung, so dass sich niemand richtig stören lassen wollte. Gegen Mitternacht waren die Schweine so weit, zu behaupten, dass das Feuer absichtlich gelegt worden war, um eine zusätzliche Attraktion zu schaffen und um die

Spannung etwas abzubauen. Es sei etwas Tolles, wenn so eine Bude brannte, sagten sie, und die Tiere fanden das auch, denn ein Gebäude brennen zu sehen – das hatte doch immer etwas Angsteinflößendes, es war tatsächlich etwas Besonderes. Und die Schweine erinnerten außerdem daran, dass ja niemand zu Schaden gekommen war.

Das Feuerwerk zum Abschluss des Tages war das Sensationellste, was jemals gesehen worden war. Nur wenige hatten überhaupt zuvor ein Feuerwerk gesehen, und dieses Feuerwerk war mit Sicherheit auf einer Feuerwerkskala, wenn es so etwas denn gab, ganz oben anzusiedeln. Es gab eine kleine Feuersbrunst am Teich, aber wiederum, so wurde es berichtet, war niemand zu Schaden gekommen, und die Hunde hatten auch hier alles völlig im Griff. (Zufällig wurden ein paar der Ratten, die an dem Anleger arbeiteten, vermisst. Man führte Befragungen durch, verfolgte Spuren, und die Ratten wurden gefunden. Sie hatten sich etwas stromabwärts in Sicherheit gebracht, wurde im *Tagespfiff* berichtet, wo sie von nun an leben würden.)

Als der Vergnügungspark geschlossen wurde, machte es bald die Runde, dass der Abend wirtschaftlich so erfolgreich war, dass die Schweine ankündigten, die Kredite würden früher zurückgezahlt werden können als geplant. Das würde dem Jahrmarkt eine Menge, wie sie es ausdrückten, »Zinsen« sparen. Alle Tiere freuten sich über das gute Ergebnis, und ausnahmslos alle Tiere erhielten ein Glas Bier als Bonus – und die Schweine, die üblicherweise sowieso ein Glas Bier pro Tag erhielten, bekamen einen ganzen Liter pro Schnauze. Alle tranken auf die Schweine – und ihren machtvollen Durst! (Die Ziegen, die keine Lust auf Bier hatten, tranken etwas, was sie »Martini« nannten.)

Aah, das war eine wunderbare Nacht!

Und aah, das Vergnügen des Erfolges! Und die Entspannung eines Vollrausches!

Die Schweine gingen im Farmhaus noch bis zehn Uhr morgens ein und aus, als der Park schon wieder die Pforten öffnete. Lieferdienste hatten die ganze Nacht hindurch Essen gebracht. Die Gänse, die für die Schweine sauber machten, erzählten, sie hätten gesehen, wie 15 Schweine in einer Wanne voll mit warmem Pudding gebadet hätten, und zwei Schweine trügen seit fünf Stunden ununterbrochen einen Wettbewerb aus, wer mehr Kartoffelchips essen konnte. (Es war absolut nicht wahr, so ließen die Schweine später verlautbaren, um einem unangenehmen Gerücht aus dem Wege zu gehen, dass es ein Wettbewerb im Schwarten-Essen gewesen sei.) Gegen Mittag kam der letzte Fahrer, der noch einmal acht Liter Guacamole brachte. Nur Esmeralda wusste, was Guacamole war. Nur wenige Tiere hatten vorher jemals von einer Avocado gehört.

Es war zwar richtig, dass die Tiere diese grüne Frucht, oder Gemüse, noch nicht kannten, aber sie hatten zuvor schon eine Unzahl neuer Nahrungsmittel kennen gelernt – eine großartige Vielfalt, die sie früher gar nicht für möglich gehalten hätten. Außer frittierten Bananen und Pommes frites hatten sie schon Bratäpfel gegessen, Zuckerwatte und zahllose andere Delikatessen wie etwa Heuschrecken, Ameisen und Mistkäfer im Schokoladenmantel.

Wochenlang wurde unter den Schweinen und Ziegen diskutiert, ob man auf dem Jahrmarkt der Tiere auch Lebensmittel aus Fleisch verkaufen sollte. Nach einem gehörigen Kampf mit ihrem Gewissen, den alle Tiere zu schätzen wussten, verkündete Schneeball, dass man einen Kompromiss gefunden hatte.

Es würde erlaubt sein, Rindfleisch, Schweinefleisch, Hammelfleisch, Ziege und Geflügel zu verkaufen, solange das Fleisch nicht von der Farm der Tiere kam. Außerdem wurde verkündet, dass, in Übereinstimmung mit den Grundregeln der Farm, auch wenn die Farmtiere selbst dieses Fleisch verkauften, sie es doch nicht essen durften. (Auch wenn die Schweine mit einer gewissen Portion Witz darauf hinwiesen, dass es unmöglich sein werde, Hunde daran in jedem Fall zu hindern.) Jedes Fleischprodukt würde ausschließlich von einem Metzger geliefert werden – und niemals von der Farm selber produziert werden.

In den harten Jahren der Vergangenheit hatte der Metzger der Farm geholfen, indem er ihnen die Leichen derjenigen Patrioten abgekauft hatte, die sich vor ihrem natürlichen Tode zu diesem natürlich völlig freiwilligen Opfer bereit erklärt hatten. (Selbstverständlich war diese Art der Selbstaufgabe von nun an nicht mehr nötig, und der Metzger würde in Zukunft lediglich als eine Art Lieferant und vielleicht auch als Chirurg für die Farm dienen. Und nach einigen Minuten, in denen die Schafe »Vom Metzger, nur vom Metzger!« schrien, fügten die Schweine noch hinzu, dass keine jungen Tiere serviert würden, also kein Kalb, kein Lamm, kein Küken und so weiter. Und außerdem würde auch kein Tier verkauft werden, das Qualen gelitten oder unter unwürdigen Bedingungen habe leben müssen. (Der Metzger hatte sich einverstanden erklärt, dass er nur Fleisch von Tieren lieferte, die eines natürlichen Todes gestorben waren – etwa aus Altersgründen, Krankheit, unvermeidlichen Unfällen.) Es würde keine Lammsteaks geben, keine Foie gras.

Und in diesem Augenblick geschah etwas Eigenartiges. Denn obwohl niemand der Tiere, außer den Ziegen, wusste, was Foie gras war, betonten die Schweine mehrmals, dass besonders Foie gras verboten war. Und sie boten ein Schauspiel, das völlig untypisch war für die Schweine (das Schauspiel war vielmehr eigentlich typisch für die Schafe, die nicht gerade bekannt für viele graue Hirnzellen waren), denn die Schweine begannen »Foie gras« zu deklamieren, und zwar volle fünf Minuten lang. Während dieser Zeit lief ihnen der Speichel aus den Mäulern, und zwar ziemlich viel. In den Tagen, die diesem eigenartigen Vorgang folgten, war es am *Tagespfiff*, diese Darbietungen zu erklären und außerdem auch zu erklären, was Foie gras bedeutete. Was immer es auch war, es war eben nicht die Foie gras gewesen, die die Schweine so außer Rand und Band gebracht hatte, und es war auch nicht der Hunger, der sie kurzzeitig hatte singen lassen, sondern es war vielmehr ihre aufopfernde Arbeit für den Jahrmarkt der Tiere und für die Gesetze, damit alles glatt ging.

Und mit jedem Tag, den der Jahrmarkt geöffnet war (und er war *jeden* Tag geöffnet) – ihr ehrenvolles Unternehmen –, lernten die Tiere nicht nur sich selbst besser kennen, sondern auch all die anderen Arten und Gattungen, die den Park besuchten. Der Jahrmarkt der Tiere hieß alle Tiere willkommen. Auch die Menschen, denn auch sie waren ja letztlich Tiere, waren natürlich in die herzlichen Willkommensgrüße eingeschlossen. Vielleicht lebten sie ohne Fell, vielleicht ohne Schwanz, aber immerhin waren sie doch Tiere.

Überraschenderweise waren besonders die Menschen davon sehr angetan, dass auch sie in diesen Park Einlass fanden. Eine der beliebtesten Ausstellungen war in der Tat eine, die erzieherisch gedacht war. Über das ganze Ausstellungsgelände konnte man die Stimmen von Männern und Frauen hören, die aus dem »Tierismus«-Zelt kamen.

»Wie geht es dir, Herr Gnu?«, sagte ich zu einem Gnu.
Und das frag ich auch dich, Frau Emu,
Und dich, mein liebenswertes Känguru.
Und das Karibu, das Tandem fuhr,
Und die Kuh, die machte Muh!
Und ich, ich sagte: »Das finde ich ganz supertoll, du!«

Die Menschen sangen das Lied der Tiere, und sie jubelten. Die Tiere hatten ihre Tyrannen besiegt! Sie hatten ihre Ketten abgeworfen! Sie waren frei! Frei!

Das war ihrer aller Traum!

Eine weitere Ausstellung zog die Massen an wie ein Magnet – das war Martha-Lo, das Karussell-Pony, die eigentlich ein Farmtier der zweiten Generation war, obwohl sie so sehr von einer anderen Welt zu stammen schien, dass es schwer fiel, ihr überhaupt irgendeinen Ursprungsort zuzugestehen. *Der Kanarienvogel*, eine neue Hochglanzzeitschrift, die die Vorgänge im Dorf und auf dem Jahrmarkt behandelte, machte eine Story über Martha-Lo zum Aufmacher der ersten Ausgabe. Wie sie sich auf dem Heu räkelte, war ziemlich umstritten.

Martha-Lo war ein Islandpony mit sonnigem Gemüt, dem es gelang, und auch wenn einige Tiere das nicht ganz richtig fanden, dem es also gelang, ziemlich viele Besucher in den Park zu locken, die von ihr dachten, sie hätte »das gewisse Etwas«. Sie hatte gewisse Talente, denn sie konnte das Alphabet bis zum Buchstaben L aufsagen und verteilte hausgebackene Kekse. Ein paar der ihr zugeteilten Wiesel nahmen ihr übel, dass sie ohne ein Glas frisch gepressten Orangensaft und zwei Stück Würfelzucker die Show nicht zu jeder vollen Stunde aufs Neue vorführen wollte.

Aber es gab noch weitere Attraktionen, die auch erfolgreich waren, so wie zum Beispiel Quasselbart, den Tanzbären, Brandowitz, den unvergesslichen Elefanten, der nichts vergaß, und Kokia, den Luchs, der ganz großartig und gleichzeitig sehr sensibel war.

Aber in den folgenden Monaten verloren etliche Nummern, die zunächst in hohem Ansehen gestanden hatten, an Beliebtheit, und schließlich musste man sie schließen. Und auch wenn es sehr schmerzhaft war, Auf Wiedersehen zu sagen, so war das doch etwas ganz Normales in der Welt der Vergnügungsparks. Wenn das Publikum einer Sache überdrüssig war, war es immer so gewesen, dass diese an einen anderen Ort weitergezogen war – wenn möglich weit weg, weil niemand, noch nicht einmal die Aufführenden selbst, eine alte Shownummer sehen wollte. Und wie sie auf diese Weise alte Freunde verloren, so gewannen die Tiere im selben Augenblick auch neue hinzu – obwohl man wohl zugeben muss, dass es auf Dauer ziemlich langweilig ist, wenn man sein Leben alle Augenblicke von vorne erzählen muss. So langweilig, dass selbst die Tiere irgendwann damit aufhörten.

Es war keine persönliche Angelegenheit mehr, sondern eine professionelle. Und es war noch mehr als das – es war immerhin ein sehr ehrgeiziges Projekt, so etwas wie einen Jahrmarkt der Tiere aufzubauen und danach am Laufen zu halten. Und es war das Ergebnis dieser Einstellung (Ehrgeiz, Ehrgeiz, Ehrgeiz!), vermischt mit der Erfahrung, dass es geradezu zahllose Entertainer auf der Welt gab (deren Vagabundenleben sehr romantisch war), dass es einer verblüffend großen Zahl der Farmtiere langsam, aber sicher dämmerte, dass in ihnen selbst auch eine künstlerische Ader schlummerte. (Außerdem, wenn sie keine Freunde mehr hatten, warum sollten sie nicht reisen?) Die Schweine richteten regelmäßige Beratungsstunden für Farmtiere ein, und obwohl dann doch nur sehr wenige Tiere jemals ein Zelt von innen sahen, so gab es doch eine Ausnahme. Ein Dachs namens Otto schaffte es bis auf die Seite 1 des *Tagespfiff*. Die Schlagzeile »Ich esse Würmer, Dreck und Steine« fanden die Schweine ganz prima.

Einige Tiere waren so sehr willens, ihr kleines Talent bis zur Perfektion auszuformen, dass sie Schweine als Berater und Trainer einstellten, von ihrem eigenen Gehalt. Und so gab es immer öfter Bilder zu sehen, wie ein Eber auf ein anderes Tier einschlug, um das Beste aus ihm herauszuholen.

Es gab auch andere Veränderungen im Leben der Farmtiere – die deutlichste war, dass man eine Grube gegraben hatte, in die man die täglichen Abfallberge, die seit der Parkeröffnung anfielen, hineinkippte. Wenn sie bis zum Rand voll war, wurde alles verbrannt. Der giftige Restabfall, der durch die Toiletten der Gäste entstand, wurde dieser Brühe ebenfalls hinzugefügt. Obwohl ein paar Tiere etwas murrten, legten die Ziegen Wert auf die Feststellung, dass dieses Abfallbeseitigungssystem nichts zu tun hatte mit dem Grundwasserproblem. Nachdem zwei tote Biber im Teich gefunden worden waren (sie waren aus dem Waldland hergetrieben), und nachdem zwei Hühner nach Verzehr ihrer täglichen Ration Ananassaft aus Konzentrat gestorben waren, erklärten die Ziegen, dass ab sofort Wasser von außerhalb importiert werden musste und dass das Grundwasser lediglich zum Duschen und Baden verwendet werden sollte.

Nachdem der Jahrmarkt der Tiere seine Grenzen durch die Annexion der Fuchswald- und Knickerwald-Farm ausgeweitet hatte, musste man nun mit zwei neuen Nachbarn im Osten und im Westen umgehen, der Heuhaufen-Farm und der Kuddelmuddel-Farm. Und die nimmermüden Bluthunde fanden bald heraus, dass diese beiden neuen Nachbarn verantwortlich waren für die Verseuchung des Grundwassers. Und obwohl die Situation auf der Farm der Tiere etwas unbequem war, so waren die Schweine doch überzeugt davon, dass sie das schwebende Verfahren gegen die Nachbarn für sich entscheiden würden (glücklicherweise hatten die Schweine dieselben Anwälte gewählt wie bei alten Rechtshändeln mit alten Gegnern). Man hoffte, und es gab einigen Grund für diese Hoffnung, dass diese bösen, umweltverschmutzenden Regime (diese neuen, bösen, umweltverschmutzenden Regime) bald gestürzt werden würden. Seit einiger Zeit konnten sich die meisten Tiere gar nicht mehr daran erinnern, dass es jemals eine Fuchswald-Farm oder eine Knickerwald-Farm gegeben hatte, und der uralte Prozess, so wurde angenommen, war schon immer gegen Heuhaufen und Kuddelmuddel geführt worden. Deren Niederlage würde dem Jahrmarkt der Tiere den endgültigen Sieg einbringen (und der Jahrmarkt der Tiere war sowieso schon auf der Siegerstraße).

Mit dieser Aufgabe im Kopf (Sieg!) arbeiteten die Tiere sehr schwer, und die Schweine und die Ziegen ermutigten sie, sogar noch schwerer zu arbeiten – es war ein Krieg der Arbeit, sagte Schneeball. Und außerdem sagte Schneeball noch, dass harte Arbeit das Ziel aller denkenden Tiere sei, denn wenn sie jetzt mehr arbeiteten, dann könnten sie sich darauf freuen, eines Tages weniger arbeiten zu müssen.

Und zur großen Zufriedenheit der Schweine wurden die Bankkredite früher als geplant zurückgezahlt. Alle wussten, dass das gut war für den Jahrmarkt, weshalb auch immer. Die Schweine hatten sich mit den Leuten von der Bank angefreundet (sie tranken regelmäßig Whiskey mit den Bankern, um die guten Verbindungen aufrechtzuerhalten), sie nahmen neue Kredite auf, was auch sehr gut für den Jahrmarkt war, weshalb auch immer ...

Die Dinge liefen sehr gut, so gut in der Tat, dass im *Tagespfiff* thematisiert wurde, ob es vielleicht zu viel Arbeit gab und zu viel Ehrgeiz. Die Tiere, die allesamt sieben Tage in der Woche arbeiteten, erhielten zu viel Gehalt und trieben so etwas wie eine »Inflation« nach oben. Das bedeutete, erklärte der *Pfiff*, dass es an der Zeit war, weniger zu arbeiten, und es mehr Ziele gab, als Drachen steigen zu lassen und Kricket zu spielen. Eine Drei-Tage-Woche wurde erlassen. Aber weil das Drachenfeld und die Kricketbahn für alle Tiere außer für die Schweine und die Ziegen geschlossen wurden (nur die Schweine und die

Ziegen konnten den prohibitiven »Mitgliedsbeitrag« bezahlen), konnten die Tiere keine Drachen mehr steigen lassen und nicht mehr Kricket spielen, wie es vorgesehen und verabredet war. Ein paar Tiere wichen auf etwas aus, was sie »Würfeln« nannten, aber die meisten Tiere sahen an ihren vier freien Tagen einfach nur aus ihren Fenstern hinaus.

Und anfangs, als die Tiere diese Pause noch übernötig gehabt hatten, war das auch in Ordnung gewesen. Um genau zu sein, es war großartig, fanden sogar die Wühlmäuse. Aber nach ein paar Wochen, als sie sich alle gut genug erholt hatten, fing es an, sie zu langweilen, und die Tiere verbrachten ihre freien Tage damit, sich auf die Arbeit zu freuen. Bald wurde angekündigt, dass ein Tier auch mehr als drei Tage arbeiten durfte, aber alles, was drei Tage überschritt, würde als vollkommen freiwillig betrachtet und nicht bezahlt werden – nicht mit Geld und auch nicht mit Extra-Futter. Und ohne Extra-Futter für Extra-Arbeit schien den meisten Tieren eine zusätzliche Beschäftigung nicht sinnvoll. Sie würden lieber weiter aus ihren Fenstern starren, und wenn sie auch nicht Kricket spielen und keinen Drachen steigen lassen konnten, so konnten sie doch immerhin denken, sie würden ihren Lieblingsbeschäftigungen nachgehen. Einige taten das mit der Unterstützung von Bier, andere, die sich das viele Bier nicht leisten konnten, tranken Whiskey – beide Getränke waren im Angebot.

Ein paar von den ehrgeizigeren Tieren, die hofften, vielleicht einmal einen Managerposten zu bekommen, übernahmen hier und da einmal einen zusätzlichen Arbeitstag. Aber sogar sie wurden dessen müde. Das Beste, was sich von der Drei-Tage-Woche sagen ließ, war, dass sie es möglich machte, dass ein paar Tiere so richtig fett wurden. Und das war doch immerhin auch eine Art Sieg, denn außer den Schweinen, Hunden und Ziegen war bisher niemand fett geworden, solange man sich erinnern konnte, und auch Benjamin konnte sich nicht daran erinnern, jemals ein fettes Farmtier gesehen zu haben. Und wenn man fett war, war eine Drei-Tage-Woche gar nicht mehr so schlecht, denn fette Tiere wollen sich nicht mehr so viel bewegen.

Die größte Beeinträchtigung durch die Drei-Tage-Woche war die Tatsache, dass nicht mehr so viele Managerposten ausgeschrieben waren – Posten, die früher alle naslang vergeben wurden, waren plötzlich, irgendwie, selten geworden. Es schien, als ob jeder hinter seinem Schalter festgewachsen war. Dieses Missverständnisses nahm sich bald der *Kanarienvogel* an. Immer wieder erzählte er die Geschichten hinter den Tatsachen – immer ein Sieg über das Unglück. Das hörten die Tiere gerne, weil alle guten Nachrichten über ihr Leben die Zeit, die sie während ihrer vier arbeitsfreien Tage am Fenster hingen, verkürzte, auch wenn diese vier freien Tage irgendwie ihr eigenes Unglück waren – und trotzdem liebten sie den Jahrmarkt der Tiere und mochten ihn als den besten Platz auf Erden für ein Tier, und genau das war er auch.

Man hätte annehmen können, dass all diese langen Stunden am Fenster, die sie an Martha-Lo, das Pony, dachten, sie zu Neidern machen würden. Aber ein Wissenschaftsartikel im *Pfiff* hatte Bitterkeit und Groll zu negativen Eigenschaften erklärt, und negative Eigenschaften förderten die Niederlage, und so dachten nur wenige Tiere von sich, sie seien etwa nicht optimistisch. (Vielleicht waren sie auch ein wenig beschwipst von diesen Martinis!)

Ja, vielleicht lagen ab und zu die Nerven etwas blank und gingen ab und zu die Gäule mit ihnen durch. Und ja, vielleicht gab es ein klitzekleines Problem mit so etwas wie »Kriminalität«. Aber es wurde oft bestätigt, dass all dies überhaupt nicht mit der fehlenden Beschäftigung zusammenhing oder damit, dass sie ihren Ehrgeiz nicht mehr auf irgendein Ziel richten konnten. Nein, nein, und nochmals nein, wie konnte das Leben kein Wunder sein, wenn man so etwas wie ein Fenster hatte?

Weil sie Gehälter erhielten, mussten die Tiere auch Rechnungen bezahlen – Futter, Wasser, Miete, Strom und auch Steuern. (»Besteuerung«, das schwierigste Fach, machte etwa ein Drittel bis die Hälfte der zur Verfügung stehenden Zeit des Seminars »Lohn-Verdiener« aus.) Es waren also bis auf die gelegentlichen Einbrüche und Diebstähle keine allzu schweren Zeiten.

Doch die Tatsache, dass die Verbrechen häufig einfach albern waren und natürlich lästig, ließ ein paar Tiere – zu denen sicher nicht die Schweine oder Ziegen zählten – das Problem ein wenig zu ernst nehmen. Sie alle hatten Verbrechen auch vorher schon gesehen – echte Verbrechen wie Gerwalds Betrugsversuch und Filmonts Verrat am Traum der Tiere. Aber was die paar Stachelschweine anging, die in einen Stand mit gebratenen Heuschrecken einbrachen, oder das undisziplinierte Verhalten eines Schafes, eines Huhns und eines Pferdes, die eine Menage à trois eingingen – diese Vergehen waren einfach lachhaft. Abschaum wie dieser beherrschte das Alphabet nicht weiter als bis zum Buchstaben E.

Und doch wurden die Tiere zur Disziplin ermahnt, und jedes Tier, das eines Verbrechens schuldig gesprochen wurde, musste auf dem Jahrmarkt auftreten. (Einige Tiere schienen aus genau diesem Grund Verbrechen zu begehen, aber das war natürlich verwerflich.) In der Ausstellung »Kriminelle« sollten die verurteilten Tiere achtzehn Mal am Tag ein Geständnis ablegen (drei Mal pro Stunde sechs Stunden am Tag), gekleidet mit nichts als einem gelben Hut mit einer Glocke obendrauf. Die Ausstellung wurde so beliebt und profitabel, dass viele dachten, dass man doch vielleicht auch ein bisschen Kriminalität gebrauchen konnte. Die Schweine und die Hunde waren gleichmütig, was diesen Punkt betraf – die Sünden von ein paar fehlgeleiteten gewöhnlichen Fröschen oder Zwergmäusen flößten ihnen mehr Vergnügen als Angst ein. Der private Streit zwischen einem Feldhasen und einer Damhirschkuh? Die heiße Affäre einer Nacktschnecke mit einer Weinbergschnecke? Ein klauender Buchfink? Lächerlich.

Ehrlich gesagt, Vergehen wie diese waren nichts als amüsant!

Aber in den folgenden Monaten wurden die Verbrechen schwerwiegender.

Vermutlich lag das zum Teil daran, dass zusätzlich zum Problem der Wasserversorgung und der schlechten Luftqualität (die schwarzen Abgaswolken der Müllverbrennung waberten jeden zweiten Tag über dem Jahrmarkt) seit kurzer Zeit eine erkleckliche Anzahl Tiere den Park verließ – sie hatten entschieden, dass man sich in den Vororten niederlassen konnte. (Die Schweine und die Ziegen hatten dort Land gekauft und bauten Unterkünfte in den Vororten.) Außerdem war das Leben der Jahrmarkttiere, seien es Schausteller oder einfach nur Arbeiter, inzwischen schwierig geworden, und ein solches Leben, in dem man immer umherzog von Ausstellung zu Ausstellung, musste irgendwann auch einmal ein Ende finden.

Auf der anderen Seite eröffnete der Jahrmarkt der Tiere große Möglichkeiten, und es gab immer sehr viele Neuankömmlinge. (Jedes Tier, vom alten echten Farmtier bis auch zu den alten Neuankömmlingen, machte Witze über die neuen Neuankömmlinge – es war immer ein gern gemachter Witz, die Punschbowle ins Klosett zu schütten.) Und das giftige Wasser und die braune Luft? Die waren gut, sagten die Schweine, es waren viele zusätzliche Vitamine im Wasser enthalten, und all das sei außerdem ein hervorragendes Zeichen für den Fortschritt.

»Aah«, seufzten die Schweine, »atmet die reichhaltige dunkle

Luft! Wie gute Erde! Ich sage euch, nichts ist besser! Das ist der süße Geruch von Erfolg!«

Ungeachtet dessen verließen immer mehr der – hustenden – alteingesessenen Farmtiere den Jahrmarkt. Und dann verließen immer mehr der eingewanderten Tiere – ebenfalls hustend – den Jahrmarkt. Und so gab es auf dem Jahrmarkt der Tiere langsam, aber sicher keine lokale Gemeinschaft mehr.

Aber es gab ja, wie die Schweine es gerne nannten, eine globale Dorfgemeinschaft.

Aus dem ganzen Dorf kamen die Tiere, um ihre Träume wahr werden zu lassen. Sie kamen jeden Tag und waren überzeugt, dass sie etwas zu bieten hatten. Und so schwer es auch war, Erfolg zu haben (auch in einem freien Land wie dem Jahrmarkt der Tiere), kam jede Einwanderungswelle wieder mit der Sicherheit, dass sie es schon schaffen würden, hier ein besseres Leben zu finden – und dass es ihnen schon gelingen würde, mit harter Arbeit irgendwann das ganz große Glück zu finden. Und in einer Jahrmarkt-Stimmung, die das frische Blut ergriffen hatte, mit frischer Energie und auch gelegentlich mit neuen Ideen war es natürlich völlig richtig, voller Zuversicht in die Zukunft zu blicken. »Seid unabhängig«, sagten die Schweine den Neuankömmlingen in den ersten Schulstunden:

»Du bist jetzt einer von uns.«

Es gab freilich auch noch bekannte Gesichter – Benjamin, Esmeralda, Kip, Temescula und alle Schweine und Hunde. Aber auch unter diesen gab es etliche, die zwar noch ihre Arbeit auf dem Jahrmarkt versahen, aber anderswo lebten. Es war eine neue Gruppe von Tieren entstanden, die man »Pendler« nannte. Hobart der Bulle gehörte dazu, der eine alte Milchfarm auf der anderen Straßenseite gekauft hatte. Er hatte einen Bankkredit aufgenommen und war mit seiner Familie und ihrem Eisverkaufsstand in das neue Häuschen gezogen, dessen Renovierung

Hobart mit großer Arbeitsanstrengung zusammen mit seinem jüngeren Bruder Goober selbst vollbracht hatte. Sie hatten die Lektion, die sie auf dem Jahrmarkt gelernt hatten, ins Dorf gebracht und waren außerordentlich erfolgreich damit.

In der Tat versprach die Lektion des Jahrmarkts der Tiere solch einen großen Erfolg, dass es schien, als würde das ganze Dorf ständig auf dem Jahrmarkt sein.

Aber auf dem Festplatz stieg die Kriminalität.

Es wurde ziemlich schlimm.

Nachdem zwei Mal in das Farmhaus selbst eingebrochen worden war, sowie nach zwei weiteren Versuchen, wurde auf der – mittlerweile nur noch spärlich besuchten – Sonntagsversammlung eine neue Ankündigung gemacht.

Die Ziegen (mit ihrer ganzen Erfahrung) hatten zusammen mit den Schweinen (mit ihrer ganzen Großzügigkeit) zwei neue Gebote entworfen. (Es hatte Gerede gegeben, dass von nun an wieder der Verzehr von Fleisch verboten sein könnte, aber dieses Problem, so verkündeten die Schweine, sei zur Zufriedenheit aller gelöst worden. Nach sorgfältiger Überlegung und Erörterung war das Thema nicht bedeutend genug, um ihm ein eigenes Gebot zu widmen. Ehrlich gesagt, wenn irgendjemand ab und zu ein paar Krabben verzehrte – was sollte das schon ausmachen? Also was sollte passieren, wenn man Krabben aß? Oder einen Hummer? Oder einen Fasan, gefüllt mit Rosinen und Aprikosen?)

An der Mauer hinter dem Stall, neben dem Gedicht *Alle Tiere mögen Torte*, waren die beiden Gebote unter das schon vorhandene Gebot geschrieben worden. Dort stand nun zu lesen:

1. *Alles liegt in deiner Hand.*
2. *Aber du solltest nicht stehlen.*
3. *Und du solltest niemanden verletzen.*

Das waren ganz ausgezeichnete Ergänzungen, fanden die Tiere, auch wenn man sich eigentlich einig war, dass dann nicht mehr viel übrig blieb, um sich die Zeit zu vertreiben. Die Hunde liefen ständig Streife und waren darauf trainiert, auf alles, was ihnen irgendwie verdächtig schien, streng zu reagieren. Und auch wenn man nur zu zweit in aller Seelenruhe durch den Park spazierte, um sich im Mondschein die Beine zu vertreten, schien das den Hunden schon verdächtig. Es war nicht normal – warum sollten Tiere in der Dunkelheit durch einen Park spazieren, wenn sie nicht irgendetwas im Schilde führten. Sie konnten doch in ihrem Stall sein und aus dem Fenster sehen. (Niemand wollte Händel mit den Hunden anfangen, denn die Verhältnisse in der Kriminellen-Ausstellung auf dem Jahrmarkt hatten sich in jeder Hinsicht spürbar verschlechtert.)

Und wo man früher Nachsicht mit der Jugend hatte und mit ihr nicht ganz so streng umgegangen war, hatte man nun keine mehr – sie waren ja zur Schule gegangen. Und mit denjenigen, die zurückkamen (viele kamen nach der Schule nicht mehr nach Hause zurück), wusste man nicht mehr, was man reden sollte. (Die Jugend hatte übrigens auch nicht die leiseste Ahnung, was sie mit ihren Eltern reden sollte.) Eine der Gänse nannte übrigens aus Versehen ihren Sohn, der zu einem langen, egoistischen Ganter herangewachsen war, einen »gehirngewaschenen Fremden«, obwohl sie später aussagte, sie habe lediglich »schön gewachsenen Herren« gesagt. Meistens blieben die Jugendlichen sich selbst überlassen, sie konnten »ihr eigenes Ding durchziehen«, was in der Meinung ihrer Eltern die beiden neuen Gebote eigentlich brach. (Du solltest nicht stehlen. Du solltest niemanden verletzen.) Und ganz egal, wie oft man den Küken sagte, es könnten nicht 200 Hühnchen auf einem Jahrmarkt tanzen, so war doch jedes einzelne von ihnen überzeugt, nur es selbst sei dasjenige welches, auch wenn es überhaupt nur ein einziges geben sollte. Die traurige Wahrheit war allerdings, dass es noch nie ein einziges Hühnchen gegeben hatte, das jemals in der ersten Reihe getanzt hätte. Die jungen Tiere, die gerade ihren Schulabschluss in der Tasche hatten, hingen in den Ställen ihrer Eltern rum und taten nichts (das allerdings meistens in Gruppen), außer sich gegenseitig davon zu überzeugen, dass sie eines Tages unheimlich viel Macht haben würden – denn diese Aufgabe, wenn man sie ihnen eines fernen Tages wunderbarerweise übertrug, würden sie gewiss bewältigen können. Ihre Eltern waren richtiggehende Idioten gewesen, sich von Temescula austricksen zu lassen. Es war eine Schande, von einer Horde von Ladenbesitzern und Arbeitern auf die Welt gebracht worden zu sein – auch wenn sie, alles in allem, ziemlich erfolgreiche Ladenbesitzer und Arbeiter waren.

Wenn man es plump ausdrücken wollte, so identifizierte sich die Jugend mit jedem, außer mit ihren nicht-so-bemerkenswerten Eltern. Was sollte man da bewundern? Sie waren keine Rebellen, keine Eroberer.

Und doch ging es allen ziemlich gut – die Ställe waren vornehm, es gab eine Klimaanlage, und die Fenster waren groß und sauber, und die Jungen waren eben jung. Und, das war offensichtlich, dies war der Himmel auf Erden (oder zumindest der nächste Platz am Himmel, den es auf Erden gab), und die Eltern wollten, dass ihre Kinder auch Entertainer wurden. Entertainer oder Anführer. Und sie liebten ihre geheimnisvolle, gebildete Brut. Und sie dachten, dass die Jugend ja vielleicht auch Recht haben könnte – sie würden Entertainer werden oder Anführer. Und fortschrittlicherweise wurde das Alter, in dem die Kinder aus dem Hause geschickt wurden, um zur Schule zu gehen, immer weiter gesenkt – denn die liebenden Eltern wollten ihren Kindern jede nur mögliche Chance geben.

Und das war, wie es war und wie es blieb.

Im folgenden Mai wurde angekündigt, dass Schneeball auf der nächsten Sonntagsversammlung eine besondere Ansprache halten würde. Rosaauge nahm gewöhnlich teil an diesen formalen Sitzungen – und in der vorhergehenden Woche sprach man sehr viel davon, dass Schneeball eine wichtige Rede halten würde, und am Samstag (wie jeden anderen Samstag auch) hatten die Tiere drei Tage hinter den Kassen ihrer Shows und Buden (Peanuts, Popcorn, Eis und Hot Dogs) zugebracht und hatten drei Tage aus dem Fenster gestarrt (während sie heißen Tee und frisch gebackene Muffins gegessen hatten) und hatten dabei gehofft, nicht aufgehalten zu werden, nicht verprügelt und nicht verhaftet. (Die Kriminellen-Ausstellung war uncool geworden.) Es gab so viele Regeln und Regulierungen, die die Freiheit der Tiere beschützten, dass man einfach nicht mehr mitkam! *Respektiert die Hunde! Respektiert das Gesetz! Respektiert die Hunde! Respektiert das Gesetz!*

»Vor vielen Jahren«, begann Schneeball am nächsten Sonntag, »haben unsere Gründerväter die Saat für diese Gesellschaftsform gelegt – und jetzt ernten wir die glänzenden Erträge. Große Erträge an Reichtum, große Erträge grenzenloser Hoffnung. Sie, die Gründungsväter, haben eine Zeit kommen sehen, in der die Tiere nur noch drei Tage in der Woche arbeiten würden und alle Tiere einen beheizten Stall hätten. Und jetzt haben wir eine Drei-Tage-Woche, und wir haben nicht nur beheizte Ställe, sondern wir haben sogar Klimaanlagen! Und heißes und kaltes Wasser und Fenster und alles andere, was ihr wollt!«

»Was wir wollen, was wir wollen!«, blökten die Schafe.

»Wir leben den Traum!«, Schneeballs haarige Ohrenspitze wippte vor Aufregung.

»Wir müssen jetzt mehr träumen!«

»Mehr träumen! Mehr! Mehr! Mehr!«, riefen die Schafe.

»Das, was wir haben können, hat seine Grenze nur in der Vorstellung davon, was wir haben wollen!«

In diesem Augenblick erhob sich großer Jubel.

»Völlig richtig, Schneeball!«

»Gut gesagt, Schneeball!«

Und Schneeball war in Schwung geraten.

»Wir haben ein gutes Leben! Und ein langes Leben. Nie mehr wird unser Leben vor der Zeit enden, weil irgendjemand Hunger auf Fleisch hat oder weil er Spanferkel essen will oder sonst irgendein Verbrechen gegen den Tierismus begeht!«

»Hoch lebe der Tierismus!«, wiederholten die Schafe.

»Und wir leben unser eigenes Leben nicht nur bis zum Ende, wir leben unser Leben auch im Kreise unserer geliebten Familien! Unsere Kinder werden nicht unter unserem Hintern weg-verkauft. Die Hühner behalten ihre Eier! Die Hunde behalten ihre Welpen! Ja, wir alle behalten unsere Nachkommen, und sie werden in den besten Lehrinstituten des Dorfes ausgebildet!«

Ein Jubel für den Nachwuchs. Die Tiere waren sehr stolz.

»Das ist wahr, Schneeball, das ist wahr!«, rief Blume, die Kuh, die ihr Kalb Kirwin, das die besten Schulnoten hatte, ganz besonders liebte. Die Rede wurde einen Augenblick gestört, als Blume, die ihren Kirwin seit acht Monaten nicht mehr gesehen hatte, vor lauter Rührung in Ohnmacht fiel. Als sie wieder aufgerichtet worden war, fuhr Schneeball fort.

»Wir alle sind Dienstleister für uns selbst. Und wir alle sind Dienstleister für das Dorf. Es ist endlich eingetroffen, dass unser eigener Reichtum auch der Reichtum anderer ist! Wir alle arbeiten – für uns selbst!«

»Für uns selbst! Für uns selbst! Für uns selbst!«, unterbrachen die Schafe. Schneeball hob seine Klauen und bat um Ruhe.

»Die Große Rebellion hat uns hundertmal mehr gebracht,

als wir uns davon versprochen hatten. Und ich erkläre heute offiziell, dass wir alle siegreiche Rebellen sind!«

Flügel schlugen aufeinander, Huf schlug auf Huf. Sogar Benjamin, der Einzige, der sich wirklich an alle Vorgänge während der Großen Rebellion erinnern konnte und daran, was sie sich davon versprochen hatten, i-aahte mit großer Freude, die niemand bisher an ihm gesehen hatte. Er beschnüffelte seine Gefährtin Esmeralda und ihren größer werdenden Sohn Kip, der so etwas wie sein eigener Sohn geworden war. Esmeralda sah sich in dem Raum um und betrachtete all die glücklichen Schnauzen und Schnäbel.

Weder Benjamin noch Esmeralda waren bisher so warmherzig betrachtet worden wie in diesem Augenblick, wo sie mit ihrem Sohn Kip eine glückliche Familie waren. Und Benjamin strotzte vor Zustimmung – diese Zeiten waren besser, diese Zeiten waren besserer, diese Zeiten waren die bestesten!

Also gut, nickten die Tiere, wenn schon Benjamin dachte, dass der Traum wahr geworden war, dann musste es wahr sein! Benjamin wusste alles, und niemand konnte einen Esel zum Narren halten! Die Tiere hielten ihre Schnauzen und Schnäbel in dieser komischen Form, die die Schweine ihnen vor kurzem im Unterricht beigebracht hatten. Die Stunden in den Klassenräumen waren anstrengend gewesen, aber jetzt lohnten sie sich.

Alle Tiere nickten und sahen die anderen Tiere an, die auch nickten (Ja! Ja! Alle zusammen!), und dabei brachten sie ihre Mäuler und Schnauzen und Schnäbel in Form. Ein Lächeln. Ja, sie lächelten!

Neuntes Kapitel

Obwohl ja Schneeball mit den Bibern eigentlich nie in Kontakt trat und die Biber die Schweine-Farm nicht richtig gut kannten, war doch Filmonts Verratsversuch in Disos Augen ein Beleg für die große Verwundbarkeit der Schweine-Farm und ihrer flüchtigen Werte gewesen. Diso hielt Schneeball für schwach und durch die vielen Kämpfe erschöpft. Diso sah seine Chance, aus dieser Schwäche seinen Nutzen zu ziehen. Er machte einen taktischen Schachzug. Bisher war es mehr eine Frage von Notwendigkeiten gewesen, dass man Verträge mit der Schweine-Farm geschlossen hatte. Es war immer ein Kompromiss mit den Alten Biber-Lehren gewesen, um den Hinterwäldlern gegenüber Konzessionen zu machen. Jetzt aber war die Zeit gekommen, zurückzukehren zu den höheren Idealen, die ihnen von Moses dem Raben viele Jahre lang überbracht worden waren.

Sie saßen in den angenehm kühlen Höhlen der Waldland-Bunker, als der Rabe einen *Limax maximus* nach dem anderen schlürfte (es war offensichtlich, dieser Vogel brauchte nicht auf den Polarstern zu warten, um an seine Gläschen zu kommen) und davon erzählte, wie eines Tages das Dorf wieder zum Waldland gehören würde. Überall würden wieder Teiche sein. Selbstverständlich ging man im Waldland davon aus, dass dieser Plan, so positiv er sich auch für die Waldland-Tiere anhörte (besonders für die Biber), dass dieser Plan also sicher nicht nach dem Geschmack der Schweine auf dem Schweine-Jahrmarkt sein würde. Und dass man von diesem Feind wohl keine Unterstützung zu erwarten hätte (obwohl die Biber sich eigentlich nicht vorstellen konnten, dass, wenn die Teiche erst einmal gebaut wären, die Schweine nicht auch Gefallen daran finden sollten). Ein Plan wurde entworfen.

In seiner Bitterkeit hatte Mr. Frederick die Biber nicht nur mit den Plänen für die Zwillingswindmühlen versorgt, die er von Filmont dem Labrador erhalten hatte, sondern er hatte den Bibern auch den Plan vom alten Jones-Haus gegeben, den er einmal von einer verärgerten Reinigungsgans erhalten hatte. Nachdem Diso zum letzten Mal Kerosin von den nichts ahnenden Schweinen geholt hatte, machte er sich an den Plan seiner Machtergreifung – und den ersten Schritt, der alles auslösen würde. Er hatte viele loyale Kämpfer auf seiner Seite. Sogar ein Hase und ein Frosch konnten wütend werden.

Und sie waren wütend geworden.

Besonders seit die Zäune zwischen der Fuchswald-Farm, der Knickerwald-Farm und dem Schweine-Jahrmarkt weggeräumt worden waren, waren viele Waldland-Tiere aus ihren Wohnungen vertrieben worden, vor allem Hasen. Zahlreiche Tiere waren aber auch auf den Schweine-Jahrmarkt übergesiedelt – vor allem diejenigen mit etwas größerem Ehrgeiz. Unter den Tieren, die geblieben waren, war die Entschlossenheit noch größer geworden – entweder auch zu gehen oder zu bleiben und zu kämpfen.

Es genügt zu sagen – egal, ob sie Hufe-in-den-Boden-Tiere oder Nimm-die-Hufe-und-lauf-Tiere waren, die Waldland-Tiere lebten in der ständigen Furcht, dass sie irgendwann sterben würden infolge der schlechten Politik der Biber – als Erwiderung auf eine schlechte Politik der Schweine. Die Schweine besaßen sicher die Möglichkeit, eine ziemlich große Anzahl

Frösche, Kröten, Wühlmäuse, Hasen, Mäuse, Ratten, Eichhörnchen und Hirsche zu töten – alles Tiere, die mehr oder weniger friedliebende Vegetarier waren, die meistens nur in der Gegend herumsaßen und futterten. Leichte Ziele. Aber auch wenn die Schweine ein paar Tiere töteten, würde das noch nichts beenden, denn die Schweine würden Diso niemals fangen und auch keinen anderen Biber. Sie bunkerten sich zu gut ein und waren dadurch ebenso gut beschützt wie die Schweine durch ihre Hunde. (Und außerdem gab es immer mehr Schweine und Biber.) Einige der Waldland-Tiere hatten das Gefühl, dass die Jahrmarkt-Tiere auch Angst hatten, dass die Politik ihrer Führer sie in den Tod treiben könnte. Komisch, dass niemals die Führer selbst getötet wurden. Immer war es eine Ente oder ein Hase (oder auf der anderen Seite niemals ein Schwein, eine Ziege oder ein Hund), der die großen Risiken einging. Es war immer »dieses Risiko«, »jenes Risiko«, »mehr Tapferkeit-blablabla«. Es schien, als ob diejenigen, die nicht militant waren und niemanden töten wollten, diejenigen Tiere waren, die keine Macht hatten – genauso wie es, zufällig, diejenigen waren, bei denen es wahrscheinlich war, dass sie getötet werden würden. Schon komisch, diejenigen, die nicht morden wollten, wurden ermordet.

Durch die Kerosin-Technologie hatten die Biber ihre militärischen Fähigkeiten ausgebaut. Sie hatten gelernt, wie man Dynamit funktionslos machte – indem man entweder den Zünder entfernte oder indem man das Schwarzpulver mit Wasser tränkte. Durch diese Methoden hatten sie unzählige Mengen Schwarzpulver gesammelt, denn die beiden Farmer Frederick und Pilkington waren in ihren letzten Tagen wie besessen gewesen, Biberdämme zu zerstören. Die Sabotage der Biber hatte sie ziemlich verärgert. Und weil die Farmer es sich so sehr zum Ziel gesetzt hatten, die Dämme zu zerstören, wäre es ihnen auch fast gelungen. Erst als die Biber einen Nutzen für das

Schwarzpulver gefunden hatten, fingen sie an, den Sprengungen der beiden Menschen ein Ende zu setzen. Und jetzt, wo diese beiden Imperialisten geflohen waren, war nur noch ein Feind übrig geblieben – der Schweine-Jahrmarkt.

Im Herz des Waldlands hatte ein Tortenladen seine Pforten geöffnet.

Und auch das Dorf war mit Tortenläden übersät.

Aber auch Diso hatte das Dorf unterwandert. Biber hatten sich unter die Schüler gemischt (diese ach so gelehrten Ziegen waren ja überraschend arglos).

Und an diesem Punkt der Attacke übernahm Moses eine entscheidende Funktion, obwohl er sich am Angriff selbst nicht beteiligte. Er sprach weiterhin von den Alten Biber-Lehren. Hinterwäldler zu töten war kein Mord im engeren Sinne (denn Mord war laut der Alten Biber-Lehre natürlich verboten), sondern im Gegenteil eine große Heldentat, die dem Märtyrer einen Platz auf dem Kandiszucker-Polarstern verschaffen würde. Diese Information, in Verbindung mit dem Wissen, dass man auch einen Platz auf dem Polarstern erhielt, wenn man für die Biber-Lehre starb, machte die Biber schwindelig – und sie schwammen in einer Art verrücktem Gedanken-Whirlpool, indem sie sich große Heldentaten ausmalten.

Und als die Biber ihre Zähne in die Zedern-Chips schlugen und große Pläne schmiedeten, da hörten sie in der Ferne diesen Puls – diese Qual des Waldlands, die eines Tages beendet sein würde.

Ich ging zum Jahrmarkt der Tiere, dort gehen alle Tiere hin.
Sagte eine Fliege zum Floh: »O Floh, was soll ich tun?«
Sagte die Fliege: »Lass uns fliehen!«
Sagte der Floh: »Lass uns fliegen!«
So flogen sie durch die Flammen im Kamin.

Die Biber versicherten ihren kranken, rotäugigen Anhängern (einsame Gänse und Stachelschweine, die den Weg zu den Bibern gefunden hatten), dass außer den Flöhen in den Decken, außer den mehligen Käfern im Mehl und außer den Termiten im Werkzeugschuppen noch größere und wichtigere Dinge kommen würden.

Zehntes Kapitel

Man hatte Geld, das man ausgeben konnte. Die Tiere hatten zum ersten Mal in ihrem Leben Geld, und zwar, so schien es, eine ganze Menge davon. Aber es gab auch diese lästigen Rechnungen, und viele Tiere waren gezwungen, zu anderen pekuniären Mitteln Zuflucht zu nehmen, die man »Kredit« nannte, was man nur grob, wenn überhaupt, verstand. (Jeden Monat war Geld für »Miete«, »Wasser«, »Strom« fällig und auch für diese lustigen kleinen Pillen, die einen davon abhielten, tot umzufallen, oder diese lustigen kleinen Flaschen mit Zaubertrank, die verhinderten, dass man vor der Zeit Federn oder Fell verlor.) Auf der anderen Seite war es natürlich auch schön, ein Paar Stiefel für die Hufe und Tatzen zu erwerben und schön gestreifte Schleifen für den Schweif, wenn besondere Feiern anstanden. Einige der Kühe hatten sich schon immer schöne Hüftketten gewünscht, und jetzt hatten sie sich welche anfertigen lassen. Sie waren sehr sexy, fanden die Stiere. Die Enten, die lange geglaubt hatten, ein Kazoo sei das melodischste Instrument der Welt, konnten sich jetzt ein eigenes kaufen, und man hörte in den Ställen häufiger, wie sie übten. Kein Waldland-Tier hatte ein Kazoo.

Auch für Whiskey, Bier und Martinis gab man gerne Geld aus. In der letzten Zeit waren auch Zigaretten in Mode gekommen.

»Es geht immer darum, das Leben zu genießen«, sagte Schneeball.

Die Neuankömmlinge erledigten die Wäsche und wendeten das Heu, während die alteingesessenen Farmtiere ihre Drei-Tage-Woche in den beheizten Stallhallen abarbeiteten und während des viertägigen Wochenendes taten, was ihnen beliebte. Sie konnten rauchen, trinken, träumen. Man konnte natürlich auch reisen, sofern man fit genug war, um sich aus dem Stall hinauszubewegen. Und auch wenn man nicht so beweglich war, so konnte man immer noch ein neues, vielleicht buntes Fenster in seinen Stall einbauen lassen.

Laut *Tagespfiff* war es vor allem die Tatsache, dass die Annexion der Fuchswald- und Knickerwald-Farm abgeschlossen war, dass sie sich auf einem solch hohen Lebensstandard befanden. Die Holzindustrie war ziemlich lukrativ, und auch der Tagebau brachte Geld in die Kasse. Der neue Steinbruch und die Sondermülldeponie waren weitere regelmäßige Einnahmequellen. Wie auch die Parkplätze. Über 29 Prozent der Fuchswald-Fläche und 38 Prozent der Knickerwald-Fläche waren sofort zuzementiert worden, um Parkflächen für die wachsende Zahl der Besucher des Jahrmarkts der Tiere zur Verfügung zu stellen, die mit dem Auto anreiste. (Die Schweine, von denen etliche mehr als ein Auto besaßen, beanspruchten einen bevorzugten Zugang zu den Parkmöglichkeiten.)

Größtenteils waren die Tiere, die auf der Fuchswald-Farm und der Knickerwald-Farm gelebt hatten, willige Arbeiter geworden, oder auch Parkwächter, Sicherheits- oder Reinigungskräfte. Gärtner. Die Franchise-Kette Duncan Donuts war gegründet worden, um die wachsende Zahl an Tieren mit den notwendigen Lebensmitteln zu versorgen. Glücklicherweise waren ihre Ansprüche nicht allzu hoch, denn ihr geringes Einkommen – das adäquat war zu ihrer Leistungsfähigkeit – war ebenfalls nicht allzu hoch. Diese Tiere waren zufrieden, überhaupt einen Job zu haben. Viele, die völlig nutzlos waren, hatten nicht einmal das.

Die Schweine konnten eine Nebenerwerbs-Landwirtschaft natürlich nicht zulassen – sie hatten sie nicht genehmigt. So hatten also die Hunde ständig ein Auge darauf, dass die Fuchswald- und Knickerwald-Tiere, die Frederick und Pilkington nicht für wert befunden hatten, mit ihnen umzuziehen, nicht heimlich ein Beet mit Karotten oder Radieschen anlegten. Ein paar der etwas gebildeteren Fuchswald- und Knickerwald-Tiere hatten die Genehmigung erhalten, dauerhaft auf dem alten Farmgelände zu wohnen – es gab eine Kuh, die sich mit der Käseproduktion etwas auskannte, und ein Pferd, das hervorragende Kenntnisse im militärischen Exerzieren hatte, und ein paar Gänse, die Getreide mahlen konnten – aber die nutzlosen ahnungslosen Tiere ... Sie mussten, so schwer es den Schweinen fiel, ihrem Schicksal überlassen werden, für das sie ja schließlich selbst verantwortlich waren. Obwohl man von Zeit zu Zeit auf sie zurückgriff, wenn die Latrinen gereinigt werden mussten oder ein Leichnam beerdigt wurde, so lebten sie die meiste Zeit in ein paar Baracken aus Stroh in einem Randgebiet neben den Parkplätzen. Dass sie außer Sichtweite waren, war sowieso das Beste für sie, denn sie waren kein besonders angenehmer Anblick: einige Schafe, die gezwungen waren, sich gegenseitig zu scheren (mit absurden Ergebnissen, übrigens), eine ausgetrocknete Kuh, ein Haufen rotznasiger Welpen, eine dreibeinige Katze und so weiter. Es konnte ja nicht jedes Tier eine Badewanne haben. Und wie diese Tiere sich erlaubten zu riechen, schien es, als wolle auch nicht jedes Tier eine.

Nur wenige der Tiere auf dem Jahrmarkt konnten sich ein Leben ohne heiße Duschen überhaupt vorstellen.

Und dennoch, so einfach es war, eine heiße Dusche zu finden, so gingen doch ein paar seltsame Dinge vor sich – auf dem Jahrmarkt. Die Termiten waren auf dem Vormarsch wie noch nie zuvor. Und es gab die Löcher der Spechte, die überall zu sehen waren. Hobart der Stier schlug nach einem Besuch auf dem Jahrmarkt vor, dass es Biberlöcher sein könnten – obwohl der *Tagespfiff* sofort das Gegenteil beweisen konnte. Was die wilden Zwiebeln betraf, die überall auf den Rasenflächen wuchsen, so starrten die Tiere nur darauf und aßen die Blüten und Stängel ab und rülpsten und furzten vor sich hin und wunderten sich nur ein wenig über den unangenehmen Zwiebelgeruch, der über dem Jahrmarkt hing.

Und immer noch würden die ruhigen sonnigen Tage erst noch kommen – einer nach dem anderen. Und die Tiere vom Jahrmarkt der Tiere arbeiteten und lebten ihr Leben.

Es war an einem sonnigen sommerlichen Dienstag, der überhaupt nicht außergewöhnlich war, als das Leben der Tiere sich für immer veränderte …

Ihr Leben und auch ihre gesamte Existenz wurden in Frage gestellt – die Zukunft, die ein Tag zuvor noch als so sicher und so unbesiegbar erschienen war, wurde aufs Neue ungewiss. Es war, als ob die angenehmen Tage der Vergangenheit sich ihre eigene Kompensierung gesucht hatten – und wo das Gestern noch sicher gewesen war, würde das Morgen voller Gefahren sein.

An diesem Dienstag traf das alles ein.

Die Kartenverkäufer hatten vor wenigen Minuten die Tore des Parks geöffnet, und die Besucher (jeder einzelne von ihnen ein guter, zahlender Kunde) eilten zu Spielen, Ausstellungen, Vergnügungen ihrer Wahl … Und die Arbeiter schleppten Kaffee und Croissants zu den Verkaufsbuden …

Als es passierte.

Das Riesenrad war eine der Hauptattraktionen des Parks. Es stand oben auf dem zweiten Hügel des Jahrmarkts, und die große Masse bewegte sich mit überraschender Geschwindigkeit auf und ab, und man hatte von hier einen ausgezeichneten Blick auf die Zwillingswindmühlen auf dem nächsten Hügel und auf das Dorf auf der anderen Seite der Straße. Gegen Abend wurden die Warteschlangen in der Regel lang, aber jetzt, am frühen Morgen, konnte jeder zu seinem Lieblingsstand gehen und kam sofort dran. Vor dem Riesenrad konnten die Besucher zu dieser Stunde einfach die kleine Rampe emporgehen und mit ihrem Partner in eine Gondel einsteigen.

An diesem Morgen war eine Gruppe Waldland-Tiere (Hasen, Gänse und Eichhörnchen) als Erste ins Riesenrad gestiegen. Und zu den Rufen des Zuckerwatteverkäufers, der seine Waren feilbot, und in der Wärme der aufsteigenden Sonne, die sich einen Weg durch den Frühnebel brannte, machte das Riesenrad seine ersten langsamen Bewegungen – und wurde dann schlagartig schneller. Ein Frettchen, das erklärt hatte, es habe Höhenangst, stand neben dem Riesenrad-Ingenieur, einem Pudel mit Namen Arthur, der erst vor wenigen Tagen seinen Job als Hund, der durch brennende Reifen springt, aus Altersgründen aufgegeben hatte.

»Höher, höher! Schneller, schneller!«, schrie das Frettchen.

Und dann, mit einem einzigen Hieb der Tatze – fing alles an.

Später wurde vorgebracht, dass die Bösewichte einen Karren mit Waffen und Munition als mobilen Erdnusskarren getarnt hatten oder dass sie die Hunde getäuscht hatten, indem sie die Waffen in Harz von Apfelbäumen getunkt hatten, um sich durch den Geruch von Märchen zu maskieren. Aber ungeachtet der Methoden dieses grausamen Verrats war das Ende dieses Frettchens definitiv gekommen …

Es hatte sein Schwert gezückt und die Gurgel von Arthur dem Pudel durchtrennt und hatte die Kontrolle über das Riesenrad übernommen – und bevor irgendjemand verstand, was vorgefallen war (war das ein Teil der Vorführung?), hatte das Frettchen das Riesenrad auf seine maximale Geschwindigkeit beschleunigt. Zahnräder rieben aneinander. Funken flogen. Und zwei Eichhörnchen zogen Papiertaschen durch das Eisen – bis zu der Achse, die das Rad am Platz hielt. Und dann, in einem schrecklichen Augenblick der Hellsichtigkeit, tauchten die Eichhörnchen sich selbst in eine schmierige Flüssigkeit und setzten sich selbst in Brand. Die Taschen explodierten, und das Riesenrad löste sich aus der Verankerung.

Die Menge auf dem Jahrmarkt der Tiere betrachtete in unbeweglichem Schrecken, wie das Rad unaufhaltsam den einen Hügel hinunter – und den zweiten Hügel hinaufrollte – genau in Richtung der Zwillingswindmühlen.

Die Tiere auf dem Jahrmarkt schrien vor Angst – die auf dem Riesenrad schrien auch. Vom höchsten Wagen schrie ein Menschenvater seinen Söhnen, die noch nicht groß genug für das Riesenrad waren, und seiner Frau, die mit den Jungs unten geblieben war, zu:

»Ich liebe euch! Lebt wohl! Ich liebe euch!«

Auch andere schrien – und einige rannten davon.

In der Luft hing giftiger schwarzer Rauch, die Körper der Eichhörnchen brannten jetzt lichterloh. Andere Tiere waren augenscheinlich Teil dieses Angriffs. Mit fanatischem Feuer schüttelten sie ihre Fäuste und schrien:

»Es lebe der Kandiszucker-Polarstern!«

»Es lebe der Kandiszucker-Polarstern!«

Als sie diese Rufe hörten, dachten die Jahrmarkt-Tiere an Moses den Raben – und seine Märchen vom Kandiszucker-Berg. Und während sie rannten und Schutz suchten, fühlten sie, dass hier vielleicht ein Schlüssel für die Vorgänge liegen könnte.

Auf dem Jahrmarkt war man seit einiger Zeit der Meinung gewesen, dass vielleicht irgendeine dumme Ente oder ein Frosch den Märchen von Moses zuhören könnte – und wenn dem so wäre, okay, das konnte man nicht ändern, denn ansonsten hatte die Farm Moses und seine einfach gestrickten Anhänger eigentlich ganz gut im Griff gehabt. Aber jetzt wurden Moses' Anhänger plötzlich zu wichtigen Wesen, die so eine Aufmerksamkeit zu ihren Lebzeiten nie erlebt hatten. Und sie wurden erhöht nicht nur wegen dieser besonderen Situation, denn das war eigentlich typisch für die Zeiten, wenn die Märchen vom Kandiszucker-Berg mal wieder etwas populärer wurden, sondern weil die Jahrmarkt-Tiere, die Moses hinterherliefen, jetzt eine Ahnung davon hatten, wovon diese verrückten Eichhörnchen gerade schrien. Und auch wenn Moses selbst gerade nicht zu sehen war, so waren seine Anhänger auf dem Jahrmarkt doch sicher, dass er sie beobachtete. Sie kannten seine Predigten (für solche Vorgänge wie genau jetzt), so dass sie sofort die Fehler seiner Lehre durchschauten. Es war das abscheuliche Missverständnis, das sie schon zuvor beobachtet hatten. Und weil sie besonders die Verbreiter dieser falschen Lehre vom Kandiszucker-Polarstern hassten, die die reine Lehre vom göttlichen Kandiszucker-Berg völlig entstellten, betonten sie ihre Korrektur recht lautstark:

»Nein, nein! Es ist nicht der Kandiszucker-Polarstern! Es ist der Kandiszucker-Berg!«

Und während sie dies sagten, rollte das Riesenrad mitten in die Zwillingswindmühlen.

Und während sie dies sagten, explodierten die mit Waldland-Tieren besetzten Wagen einer nach dem anderen und brannten ab.

Der Kandiszucker-Stand, der auf dem Weg des Riesenrades gestanden hatte, war völlig platt gewalzt – und in nur einem winzigen Augenblick stand auch er lichterloh in Flammen. Der dicke schwarze Dreck in der Luft warf jeden zu Boden – man versuchte davonzukriechen. Alle husteten sich die Seele aus dem Leib.

Heiße Brocken aus Kandiszucker fielen vom Himmel. Das Feuer versengte Fell und Haut und Fleisch – und diese Verbrennungen machten ein Geräusch, das niemand, der es gehört hatte, jemals wieder hören wollte.

Und dann brach die erste der beiden Zwillingswindmühlen zusammen. Mit einem Krachen, das etliche Hühner in die Luft beförderte, ging die ganze Arbeit, das ganze Geld in Staub auf – in nicht atembaren, schwarzen, tödlichen Staub.

In dieser Wolke konnte man nichts anderes sehen als brennende Tiere, die aus den Wagen sprangen und in den harten Schutt auf den Boden fielen.

Aber es war noch nicht vorbei. Man hörte noch mehr Schreien, mehr Tiere sterben, und eines der Autoscooter-Autos war aus seiner Umzäunung ausgebrochen und rollte in den Park. Hoppelnd und torkelnd raste das Auto auf das Labor von Thomas der Ziege zu. (War Thomas da drin?) Mit einem irren Schrei raste der Fahrer des Autos, ein brauner Hase mit überquellenden kranken roten Augen, in das Gebäude:

»Lang lebe die Biber-Lehre!«

Die Biber! Da wurde es den Tieren mit einem Schlag klar – es waren die Biber! Die Anhänger des Kandiszucker-Berges hatten Recht gehabt! Es waren diese verrückt gewordenen Biber mit ihrem idiotischen Polarstern! Sie waren es!

Auch wenn sie nirgends zu sehen waren – sie waren es! Sie waren es, auch wenn gerade ein paar verrückte Frösche, Hasen und ein schon ältlicher Wühlmäuserich die Taten begingen. Alle mit großen, runden, geröteten Augen, sie alle schrien:

»Befreit das Dorf von den Schweinen!«

Ein Stachelschwein, das auf einem Pferd ritt, schrie lauter als die anderen:

»Befreit das Dorf!«

Die drei Pferde, die das Alphabet nur bis zum Buchstaben B beherrschten, veranstalteten gerade das Ausreiten, das meistens von jugendlichen Tieren in Anspruch genommen wurde, die in Begleitung ihrer Eltern auf den Jahrmarkt der Tiere gekommen waren. Nur ab und zu ritten auch Erwachsene auf den Pferden, die diese schwere Last hinnahmen, weil sie die Erlaubnis erhalten hatten, das Unternehmen »Kleeblatt-Ausritte« zu nennen, nach der Stute, die sie aufgezogen und geliebt hatte, auch wenn sie in Fohlenzeiten noch dumm gewesen waren.

Aber jetzt waren sie eben keine jungen, dummen Fohlen mehr, sondern große, starke Tiere. Und eines von ihnen war ausgebrochen. Es war über den Zaun gesprungen, das den Pferdetrampelpfad umgeben hatte – und rannte wie ein Blitz durch die Flammen. Die Tiere riefen dem Pferd verzweifelt zu, in welche Richtung es laufen sollte – und dass das Stachelschwein auf seinem Rücken der Feind war. Aber das dicke, dumme Pferd galoppierte kraftvoll weiter – es hilft kein Erklären, wenn ein großes, dummes Pferd erst einmal galoppiert.

Und wenn man solch einen Feind schon nicht stoppen konnte, so konnte man doch vielleicht eines tun – das Leben derjenigen Tiere retten, die dem Stachelschwein im Weg standen. *Aber was war sein Ziel?* Der Weg von Pferd und Stachelschwein war ein einziges Hin und Her, es war beinahe unmöglich, irgendeine Richtung festzustellen. Aber was immer auch die Richtung war, was immer auch das Ziel war, man konnte sehen, dass sie ihm näher kamen, denn das Stachelschwein öffnete seinen Rucksack (vermutlich mit Sprengstoff gefüllt), übergoss sich und das Pferd mit Kerosin aus einer Thermoskanne und hielt ein Feuerzeug in der Klaue.

Einzig Benjamin der Esel konnte sehen, oder glaubte, dass er sehen könne, was das Stachelschwein vorhatte. Die Schweine und die Ziegen hatten offensichtlich Angst, dass das Farmhaus, in dem einst Mr. Jones gewohnt hatte, das Ziel des Stachelschweins sein könnte – aber Benjamin sah, dass etwas anderes in seinem Blick war. Wohin auch immer das Stachelschwein wollte, das Pferd würde es direkt zu den neuen Wohnblöcken führen – den Thomas-Türmen. Ein nervöses Pferd, das wusste Benjamin, wollte immer nach Hause.

Und in den Wohnblöcken, das wusste Benjamin auch, waren noch an die hundert Tiere. Und unter diesen Tieren war auch, vermutlich schlief sie gerade, die Liebe seines Lebens, die einzige Liebe seines Lebens, die Liebe seines Lebens, auf die er bis zum Ende seiner Tage gewartet hatte – Esmeralda der rechnende Esel. Esmeralda und ihr Sohn Kip, für den Benjamin ein Vater geworden war.

Und Benjamin, der allen Tieren immer erzählt hatte, sie würden niemals sehen, dass ein Esel starb, erkannte, dass er falsch gedacht hatte. Er hatte wohl an die tausend Mal gesagt, dass sie niemals sehen würden, dass ein Esel starb – aber er wusste jetzt, er hatte sich geirrt. Er hatte sich früher auch geirrt – ihm war nichts wirklich wichtig gewesen –, und jetzt wusste er, er würde sich wieder täuschen. Esel lebten lang, aber für alle, auch und sogar für einen Esel, kam irgendwann ein Ende. Und dieses, das wusste Benjamin, war sein Ende.

»Jetzt«, bellte Benjamin, gar nicht so sehr zu irgendeinem anderen Tier als vielmehr zur ganzen Welt, um ihr Lebewohl zu sagen, »jetzt seht ihr, wie ein Esel stirbt!«

Benjamin dachte, *Kip und Esmeralda, ihr seid jung, und ich bin alt. Im Stall leben noch andere junge Tiere. Und ich wusste, vor ein paar Jahren hätte es mir nichts ausgemacht, aber es ist nicht richtig, wenn ein kurzes und grausames Leben kürzer und grausamer wird.*

»Jetzt seht ihr, wie ein Esel stirbt!«

Und kaum dass Benjamin diese Worte ausgesprochen hatte, da lief er bereits in Richtung des irren Stachelschweins und des durchgedrehten Pferdes. Und gerade als das Paar in Flammen aufging, rammte Benjamins Körper in die beiden hinein. Die drei stolperten, fielen und brannten – in einem grotesken Haufen zwischen dem alten Jones-Haus und den neuen Wohnblöcken. Und als ihre brennenden Glieder noch brannten, und als ein gleichförmiger Schmerz sie alle drei durchzog – diejenigen, die noch lebten, wussten, sie würden dem hier nicht entkommen …

Benjamin, dem man Millionen Fragen gestellt hatte, hatte schließlich die Antwort gefunden. Benjamin, der eine Million Tage gelebt hatte, hatte endlich etwas gefunden, das ihn für immer lebendig werden ließ. Benjamin, dieser besiegte, zynische Esel mit dem gebrochenen Herzen, hatte entdeckt, dass die Liebe, die Liebe für Esmeralda, für Kip und für alle Tiere auf dem Jahrmarkt der Sinn seines Lebens war. Und um diese Leben zu retten, hatte er sein eigenes Leben geopfert.

Benjamin war als Held gestorben, und diejenigen, die das gesehen hatten, konnten sagen – so also starb ein Esel.

Völlig gelähmt von der Katastrophe, beobachteten die Tiere, wie eine große Wolke den Rest des Tages am Himmel stand. Und plötzlich war es Nacht. Eine Nacht ohne Mond, ohne Sterne. Eine Nacht ohne vorhergehenden Sonnenuntergang, eine aufgehende Schwärze. Tiere auf zwei Beinen fielen auf vier Beine, und einige mit zwei Beinen fielen auf den Bauch – um den Rest Luft einzuatmen, der ihr letzter sein würde. Im nächsten Augenblick würden sie verschüttet, vergraben und verloren sein.

Mitten in den Flammen und völlig außer Kontrolle geraten, schrie ein verrückt gewordenes Streifenhörnchen das Credo der Biber, während es von einem Hund zu Tode geschüttelt wurde.

Durch den tödlichen Rauch keuchten die Schafe wütend:

»Die Waldland-Tiere! Die Waldland-Tiere!« Und die Hunde erschienen auf dem Platz und wiederholten:

»Die Waldland-Tiere! Die Waldland-Tiere!« Und einer der Schäferhunde verfolgte einen Hasen. War das nicht Zeke? Der Neuankömmling aus dem Waldland, der am Bratapfelstand arbeitete? Und noch ehe irgendein Tier etwas sagen oder nur denken konnte, hatte der Hund Zeke in Stücke gerissen. Und dieser Hund – jeder, der dem Hund ins Gesicht sah, erkannte es sofort – wusste mit Sicherheit etwas über Zeke, und sogar in einem Chaos wie diesem war klar ersichtlich, dass Zeke schuld gewesen war an irgendetwas.

Sie konnten gar nicht anders als begreifen – auch die Schafe mussten es nicht extra erklärt bekommen –, dass jedes Waldland-Tier ein Verräter war.

»Wo sind die Waldland-Tiere?«, fragten die Hunde. »Hast du irgendwo Biber gesehen? Waren nicht in den Schulklassen ein paar Biber?« Und die Tiere zeigten auf die Stellen, in denen die Waldland-Tiere, die allesamt erst vor kurzem eingewandert waren, Schutz gesucht hatten. Und die Jahrmarkt-Tiere zeigten auf die Stellen, wo die Biber Schutz gesucht hatten. Und die Hunde zerrten die Waldland-Tiere aus ihren Unterkünften mit gefletschten Zähnen davon …

Und dann kamen die Ziegen – sie stellten den Tieren Gasmasken zur Verfügung, die sie von irgendwoher geholt hatten. Und die Ziegen trugen bereits diese Masken, die Tiere konnten die Ziegen nun nicht mehr voneinander unterscheiden. Wer war wer? Waren das ihre Ziegen? Lebte Thomas noch, um sie zu beschützen?

Erst als die Hunde ihre Masken anzogen, konnten die Tiere

sehen, dass die Ziegen ihre Ziegen waren. Sie waren die guten Ziegen!

Und nachdem die Hunde die Gummis ihrer eigenen Gasmasken richtig festgemacht hatten (die Schweine hatten ihre auch bereits umgebunden), verteilten sie auch Gasmasken an die panischen Tiere auf dem Jahrmarkt, die entweder hin und her liefen, weil sie nicht wussten, wohin sie laufen sollten, oder einfach nur starr standen, starr vor Angst. Und als die Hunde die Gasmasken verteilten, sagten die Ziegen: »Ihr braucht keine Angst zu haben, es ist nicht mehr gefährlich. Bleibt nur, wo ihr seid.« Und die Hunde wiederholten: »Ihr braucht keine Angst zu haben, es ist nicht mehr gefährlich.« Und das war genau das, was die Tiere auch taten, als die zweite der Zwillingsmühlen über ihnen zusammenstürzte. Sie standen dort, wo sie standen.

Und noch mehr Staub stieg in die Luft – und noch mehr Schwärze. Und dann war da plötzlich Schneeball, der auf einem Hühnerkorb stand.

Und die Tiere hörten Schneeball, der etwas in der Art eines Kuhhorns in der Hand hielt und sagte: »Wir sind auf diese Sache vorbereitet.« Und ohne Pause nannte das große Schwein Schneeball den Vorfall den Angriff von Fundamentalisten, »Das Massaker von den Zwillingsmühlen«. Und er schwor:

»Rache, Gerechtigkeit, Vergeltung! Das Blut der Biber wird in die Flüsse des Waldlandes strömen!«

Und alle Tiere, vom draufgängerischen Dachs bis zur harmlosen Gans und zur pensionierten Wühlmaus – alle Tiere schrien nach dieser Erlösung. Ihre Münder, Mäuler und Schnäbel schäumten vor Wut – und die Lefzen der Hunde zeigten aufgeregt in Richtung Waldland. Und die Divisionen der Schäferhunde, die aus dem Jones-Haus kamen, waren bedrohlicher und wütender, als die Tiere sich das jemals hätten ausmalen können. Und die Tiere begrüßten diese Hundelegionen mit lauten Jubelrufen – und Feder und Fell waren sich einig in dem Wunsch nach Rache. Jetzt waren sie alle groß.

Die Schafe fingen mit einem Ruf an, den sie von irgendwo her aufgeschnappt hatten:

»Es liegt alles in unseren Händen! Es liegt alles in unseren Händen!« Und nur einen kleinen Augenblick später variierten sie ihren Schlachtruf zu einer einfacheren Variante:

»Jahrmarkt der Tiere! Jahrmarkt der Tiere!«

Und die anderen Jahrmarkt-Tiere, die normalerweise durch solche Ausbrüche zum Schweigen gebracht wurden, reagierten dieses Mal mit einem Schlachtruf, der tief aus ihrem Inneren kam und das Blöken der Schafe schnell übertönte:

»Tötet die Biber!«

»Tötet die Biber!«

»Tötet!«

»Tötet!«

»Tötet!«